MW00986932

Y es que Madrid: LA CONTINUACIÓN

Soledad Morillo Belloso

Y es que Madrid: LA CONTINUACIÓN
© Soledad Morillo Belloso

Diseño de portada: Soledad Morillo Belloso

Iª edición

Reservados todos los derechos de publicación en cualquier idioma.

A todos los inmigrantes. Valientes.

"Es curioso, normalmente el tiempo recorta el tamaño de los recuerdos y los hace menos impresionantes en su alegría o en su tristeza".

— Alfredo Bryce Echenique,

La vida exagerada de Martín Romaña

https://youtu.be/LAvr_Do1sRU

"Siempre hay cuatro lados en una historia: tu lado, su lado, la verdad y lo que realmente sucedió".
—Rousseau

A qué santo le rezan los muertos

—Ha de ser muy triste morir lejos de casa.

Eso me dijo don Paqui aquella lluviosa tarde del entierro del amigo, cuando ya salíamos del cementerio. Una frase de apenas nueve palabras que creo no olvidaré jamás. Madrileño como soy, con linaje de hace ya muchas generaciones, nunca me había paseado por esa posibilidad tan peregrina. Los restos de mis abuelos y mi madre reposan en

Madrid, en la Almudena, junto a todos los parientes. Para cada uno de ellos hubo velorio como Dios manda, con cumplimiento de responso y novenario, rosario cada sábado, misa cada mes y observancia de cerrado luto por un año. En España, cuando de difuntos se trata, hasta los ateos, los herejes y los apóstatas se santiguan y rezan.

Tardé largas semanas en hallar la puerta de salida del estado de melancolía en que me había hundido tras la súbita muerte de don Paqui. Y creo que aún camino por esa vereda. Súbita su muerte, sí, mas no imprevisible. Cualquiera, incluso sin saberes médicos, hubiera diagnosticado en aquel hombre la más letal de las enfermedades: había perdido toda gana de vivir.

La novela había sido publicada. Don Paqui llegó a tener la edición de prueba en sus manos. Sólo la primera parte. Librero de oficio, bien que entendía que todo había cambiado en los hábitos de lectura.

—Vamos a dividirla como en dos segmentos. Hoy en día, una novela excesivamente larga, de quinientas y tantas páginas, lejos de atraer a los lectores, los ahuyenta. Y, joder, que yo no soy Tolstoi— me dijo con su voz rauca.

El manuscrito de ese segundo libro estaba aún en borrador. Necesitaba pulituras. Era como un juego de cubertería de plata con manchas. Aquel relato estaba repleto de vericuetos, de virajes sorpresivos, no porque don Paqui hubiera querido hacer de la narración un panfleto plagado de dramas buscando convertirla en un best seller, sino porque así, alrevesada y difícil de desentrañar, había sido la historia de esos latinoamericanos que emigraron y lo suyo acabó siendo una desordenada conglutinación de cabriolas fortuitas.

Me ha costado revisar el borrador, y tanto. Lo reconozco. Ha sido una tarea lacerante cerciorarme de hacer las indispensables correcciones y tener un legajo prolijo que entregar a la editorial. Al fin y al cabo, la prosa de don Paqui era una sin faralaes, llana, directa, sin presumidos retruécanos, sin abuso de las hipérboles. Una narrativa sin peajes. Eso la hacía aún más difícil de espulgar. Cuando terminé, pensé en si él aprobaría el texto, si aquello estaría a la altura de sus imperativos. Siempre es bueno dudar de uno mismo. Revisé por enésima vez. Cuanto menos debía asegurarme de limpiar aquellas páginas de lastimosos gazapos. En la librería, don Paqui tenía un cartel en el que se leía una frase de Unamuno: *"La lengua no es la envoltura del pensamiento sino el pensamiento mismo"*.

Por días, luchando contra un insomnio que no me daba tregua, dando vueltas en el piso como fiera enjaulada, vi el sobre de manila allí, sobre la mesa del comedor, retador. Un manuscrito no es como un bizcochuelo que uno debe esperar que repose y se enfríe antes de cortarlo. Estaba todo lo listo que podía estar. No me atrevía a llevarlo. Sentía que una vez que la segunda parte de la novela fuera publicada, algo se desharía en mí. Mi vida volvería a ser una infinita ristra de tedios. Las clases en la universidad a estudiantes más interesados en un título que en aprender, la corrección de textos a cambio de tres euros por página, la redacción de notas de presentación de libros que harían euforia pasajera, escribir algún libro como ghost writer de alguno con pretensiones de convertirse en celebridad. Nada, absolutamente nada, me arredra más que el aburrimiento. Sí, ya sé, hay que pagar la renta y poner comida sobre la mesa. Pero, Dios, ¿todo se resume y se decanta en ganarse el sustento?

Hay algo pavoroso y a la vez sublime en una obra publicada con el vocablo "póstuma" como epígrafe. Desata el retorcido morbo de mucha gente que se vuelca a desvestir lo que escribió alguien que ya ejerce el oficio de difunto. Pero, superada tamaña zafiedad, hay algo espeso en leer lo de alguien que ya se ha ido. De algún modo, es colarse en su intimidad, apropiarse como filibustero de parte de su legado. E inevitablemente flota en el aire la duda de si aquello proviene realmente de la pluma de quien dicen es el autor. A fin de cuentas, él no está ya disponible para autenticar o desmentir.

Una mañana de principios de aquel otoño de 2018, conseguí reunir valor. Fui a la oficina de la editorial y entregué el legajo, numerado, sujeto con una goma gruesa. Ciento y tantas páginas, casi doscientas, a espacio y medio, en letra Times New Roman de 12 puntos. Me atreví a adjuntar un boceto de la portada. En el dorso del sobre anoté: *"Título: Y es que Madrid: La continuación. Autor: Pascual Albacete."*

Ninguno de los editores se encontraba en la oficina. Mejor. Me ahorraba así alguna conversación engorrosa, para la que no tenía ni brío ni apetencia. Horas más tarde recibí un correo electrónico en el que acusaban recibo del manuscrito y se me solicitaba el documento en formato digital. Lo envié, a sabiendas del peligro de que aquella gente, arguyendo algún sinsentido, pudiera alterar el texto. Al fin y al cabo, yo no tenía los derechos de autor y ni modo que viniera don Paqui del más allá a protestar alguna impía distorsión.

A las tres semanas, me sorprendió leer en las redes que la editorial publicaba un anuncio: *"Pronto, disponible en todos los formatos, la segunda parte de la novela de Pascual Albacete: Y es que Madrid: La continuación. Les sorprenderá"*.

Por supuesto, estas cuantas líneas no las incluí en el cuerpo de la novela. Son apenas mis cavilaciones, mis pensamientos, mi superlativo enojo, que nadie leerá. Escribo para mí, tratando de desenredar el entramado de este pesar indómito que ha colonizado cada milímetro de mi piel. Extraño a don Paqui. Echo de menos su vocabulario inteligente, sus improperios sin simplonerías, su capacidad para separar el polvo de la paja, su perspicacia para desactivar clichés, su conspicua carencia de tacto, su aborrecimiento por el servilismo, el lenguaje políticamente correcto y la inservible retórica. Me hace falta nuestro protocolo vespertino de compartir alguna copa, un trozo de tortilla y las chistorras de siempre. Sin él, los domingos en la mañana de comer churros con chocolate y comentar con los vecinos de mesa los titulares de los periódicos y los últimos despropósitos de los políticos se han convertido en rituales descoloridos, sosos, desafinados.

Con frecuencia voy al bar de Las Letras. Me siento en la misma mesa —al fondo, en la esquina, a la derecha, la de una pata coja que nunca han reparado— y hasta me parece escuchar su voz y sus floridos dicterios en medio del bullicio, sobre todo cuando en el televisor en la pared tras la barra hay algún juego del Real Madrid y las gilipolleces están a la orden del día. Le pido a Juan, el mozo de toda la vida, un gaditano de pronunciación con ceceo, que me sirva una copa. Lepanto, el mismo que tomaba don Paqui. *"Nunca el más caro ni el más barato"*, eso decía. Bebo porque necesito arrendar un poco de coraje para desbrozar lo que siento. Y, sí, aunque suene a tópico, cada vez que alguna pieza de Hombres G suena en la radio, no puedo evitar que se me haga un nudo en la garganta.

De don Paquí heredé dos cosas: sus quevedos, que aún no necesito, y a Lope. Es la primera vez que tengo un gato. Debe ser que de tanto verme él ya estaba habituado a mí y por eso no me ha dado la lata. Sólo me exige un par de sardinas al día, agua fresca en su cuenco, alguna caricia no excesiva y dormir en la cama. No puedo decirle que no. Hasta le he cedido una almohada. Se pasa buena parte del día recostado en la ventana y cuando escribo se trepa a la mesa, se echa al lado del teclado y, en absoluto reposo, ronronea. Alguna que otra noche entona canciones de amor. Son maullidos apasionados. Se escapa y regresa en la mañana con heridas de guerra y una sospechosa placidez de amante cumplidor en la mirada. *"Los gatos son los habitantes más libres de Madrid"*, decía don Paqui.

No, yo no escribí la novela. Así, con firmeza, se lo aseveré al periodista impertinente de una revista cutre del que no pude escapar cuando me acorraló en una librería. Para poder hacerlo hubiero tenido que vivir esta historia, ser parte de ella, no sólo conocerla a traves de él. Fui tan sólo el transcriptor. Haberme convertido en el temporal amanuense de don Paqui fue un privilegio tan impensado como inmerecido. Al fin y al cabo, yo no era sino uno más de tantos alumnos en su larga historia como profesor, y, por cierto, no de los más aventajados. A sugerencia de él, me fui a Montevideo a hacer el último semestre. *"No vayas sólo a estudiar, ve a vivir"*, me dijo. Ah, Montevideo. Una ciudad extraña, tan prolija, vestida de librerías, comedida, pero que esconde en su rambla y en pasadizos imaginarios pasiones que no envejecen y deseos que no caducan. A miles de kilómetros de aquí y entre montevideanos, gente tan igual y tan diferente a mí, entendí de qué va eso de ser "hispano". A veces hay que irse lejos para ver de cerca.

Pensándolo bien, creo que don Paqui me escogió porque confiaba en que yo respetaría sus páginas, que evitaría a toda costa hacer de ellas un producto de marketing. Que no le agregaría escenas churriguerescas simplemente para atraer multitudes de gaznápiros con posibles en los bolsillos. Don Paqui era intransigente antagonista de la cursilería modelo siglo XXI, tan de moda en estos tiempos de la post verdad y la inteligencia artificial, en los que todo es posible y la verdad cae de rodillas derrotada por lo verosímil.

—Manolo, contemos la verdad, sin mojigaterías, con todo lo bueno y todo lo malo, sin rodeos, sin amansarla, sin agregarle cucharadas de miel. No seamos cobardes ni complacientes. Escribamos sin buscar molar a los lectores. Hombre, joder, que nada es blanco o negro. Todos somos cobardes y valientes, justos y pecadores, todos tenemos razones para vanaglorias y vergüenzas, la vida de todos es un claroscuro. Que la vida es un asunto de rellenar vacíos en las paredes, no de abrir huecos en ellas. Dejemos que sean los lectores, con sus propios ojos y oídos, los que hagan gigantes las historias mínimas y pequeñas las enormes— me dijo aquella tarde cuando empezamos a llenar cuartillas con la historia de esos que cruzaron la mar océano y vinieron a Europa a darse de bruces en una puesta en escena con luces y sombras.

La editorial cumplió su palabra. La novela, segunda de la saga, fue publicada al final de aquel noviembre particularmente denso en lluvias y vientos. No cambiaron ni una letra. En el bautizo en una de esas librerías sin estirpe y con señas corporativas vi a los "chavales americanos", como los llamaba don Paqui para quien cualquiera menor de cincuenta años era un chaval. Al menos en esta oportunidad, y para reposo del alma de don Paqui, la editorial tuvo el buen tino de no hacer de aquella ceremonia un acto kitsch con aterciopelada mollizna de pétalos de rosas baccara sobre la portada.

Ahí estaban ellos esa tarde, con sus verdaderos nombres, como unos lectores más, pasando inadvertidos entre la gente que no estaba al tanto de que ellos eran los protagonistas de una narración de acontecimientos signados por azares y vaivenes. Habíamos envejecido un poco, todos. La vida nos había hecho pagar la factura en especies, con canas y arrugas prematuras. Siempre me despierta admiración el ver a inmigrantes. Es como si fueran una raza especial, con mejores músculos y tendones, con huesos que aguantan golpes. Los científicos hablan de sustancias que genera el cuerpo humano: endorfinas, serotonina, dopamina, oxitocina. ¿Cuál es el neurotransmisor de la tenacidad y la porfía?

Copas en mano charlamos un rato. Bagatelas. No era momento de sensiblerías y menos de exponer para el escarnio nuestras debilidades. Cuando ya estaba por marcharme, la vi. Candela, la hermana de "Almudena". Hermosa. Con esa sonrisa que derriba bardas. Me quedé petrificado y no pude hacerme del valor para pasar de un tenue saludo. Soy tan zonzo, tan insufriblemente pendejo, como dirían mis amigos latinoamericanos. Don Paqui me hubiera reñido, sin misericordia alguna. *"Joder, macho, mira que no eres más tonto porque no entrenas"*.

A veces, cuando me fustiga la nostalgia, leo la novela de nuevo, completa. Tengo que hacerlo con la anestesia de una copa de brandy. Siempre que me aproximo a la última página, una pregunta revolotea subrepticia en el aire de este Madrid que me produce pasiones encontradas: ¿a quién le rezan los muertos? Los deudos rezan a los santos por sus difuntos, pero, ¿a quién y por quién rezan ellos?

No sé si la novela se está vendiendo bien, si complace el gusto de ese acartonado modelo editorial que ha impuesto la categoría de “lo que mide”. Soy poco dado a andar revisando reportes que hacen fiesta de los éxitos. Los proventos le llegan a la sobrina nieta de don Paqui, Isabel —con nombre de reina, hija de un sobrino al que quiso como a un hijo— que vive en Talavera de la Reina y es costurera de santos. Es ella la que hace los trajes con los que las mujeres se adornan para festejar a la Virgen del Prado en Las Mondas de Talavera, una celebración incrustada en la tradición manchega desde 1507, cuando la peste cayó como escarmiento dejando en la villa un terrible saldo de devastación y fragoso trabajo para los sepultureros. Los talaveranos hicieron entonces lo que la fe les marcaba como camino: elevar plegarias y prometer a la Virgen homenajearla cada año en su día, 8 de septiembre, si los salvaba de la peste. Isabel cose como las hadas de los cuentos y a sus veintiún años lleva desde los doce usando el arte de sus manos para honrar a la patrona. Dicen los lugareños que ella cose con hilos de fe. Don Paqui bebía los vientos por ella.

Termina el otoño. Pronto los árboles se quedarán desnudos y del follaje en ocres, rojizos y castaños pasaremos a las ramas cenicientas. Hay una belleza sombría en el invierno, un vacío sin fanatismos que se da la mano con la sensación de desamparo. Siempre cuesta un poco entender la rutina de las estaciones; que sobreviviremos al frío y luego llegará la primavera, para recordarnos que somos personajes de un soneto que no pide licencia para existir.

Hoy es sábado. Cae la tarde. Camino sin apremios por las calles de Madrid. Me dejo llorar por sus esquinas. La pasión loca y desmedida se enzarza en debates con el lánguido decaimiento del desconsuelo. Madrid, golosa, Madrid, engreída y a ratos díscola; Madrid, fiel a sí misma y a veces tan y tan desleal con otros. Madrid, la ciudad que seduce y a la que no hay cómo no adorar. Madrid, ah, Madrid, impertérrita y a la final triunfante.

¿Habrá una tercera novela, ya no escrita por don Paqui sino por alguien que encuentre que queda mucho aún por narrar? Hoy camino de puntillas entre la victoria y la derrota y de veras no me siento con ánimos ni fuerzas para pensar en eso y menos para hacer predicciones. Pero si algo he aprendido de don Paqui y de la vida es que ella, sin alertas, suele obligar a cambiar el rumbo. Que las certezas no son códigos estables, se reinventan con las brisas y las lluvias. Que todo lo que hoy damos por sentado, para bien o para mal —quiera Dios que para bien— mañana puede regalarnos bienvenidas y despedidas.

Supongo, o al menos intuyo, que en la historia de los personajes de la novela muchos inmigrantes se verán reflejados, encontrarán que es parte de su propio rompecabezas. Quizás, como en la vieja canción, dirán en tono de susurro *"... a mí me pasa lo mismo que a usted..."*.

Llego a Lavapiés. Me siento en una terraza a tomar una cerveza. Estoy solo en esta ciudad con millones de habitantes. Las grandes urbes son fábricas de solitarios que caminan en la espesura del hormigón. Se ha hecho de noche. Por estas épocas, pocos se atreven a codearse con el frío. Allí, en el laberinto de mi mente, busco la serenidad que se ha asilado tras puertas con cerrojo. Escucho *"Y es que Madrid no tiene mal, pero sí..."*. Ah, me parece estar viendo a don Paqui, caminando por estas callejuelas con su gorra manchega, su abrigo pardo, su bufanda de lana y sus guantes de cuero gastado, rumiando rabias y procurando consuelos. Vuelan los gorriones, los dueños de la ciudad. Y sueño, sí, sueño despierto, con la bella Candela. Ah, si tan sólo consiguiera superar este canguelo. Pienso en ella y me acuerdo de ese verso de Neruda: *"Quiero hacer contigo lo que la primavera hace con los cerezos..."*

Madrid, Madrid - Hombres G

"Si fuera posible vivir el resto de la existencia de alguna forma nueva... ¿Comprendes? Despertarte una mañana clara y tranquila y notar que has empezado a vivir de nuevo, que todo lo pasado ha caído en el olvido, que se ha disipado como el humo".

-Antón Chéjov, en El tío Vania

https://youtu.be/y8Eu5TH2WgY?si=nDSCWCQ0JfMig2r1

"Uno ve más demonios que los que el vasto infierno puede tener".

—William Shakespeare.

I.

Demonios

Cientos. Tal vez miles de peces retorciéndose sobre la arena, muriendo en desesperante cámara lenta bajo un sol calcinante.

Despertó empapado en sudor frío, sintiendo que el corazón se le salía por la boca. Las manos le tiemblan. Un sonido ronco lo acapara todo. No se puede levantar de la cama. No alcanza el móvil. Y está solo. Ariana no está para ayudarlo en esto que ya, hasta el cansancio, le han repetido que son los pródromos del ataque de pánico que sucede a la recurrente pesadilla. Pródromos, vaya palabreja horrenda, difícil de pronunciar. De esas que uno preferiría no tener que aprender.

Muerte. Siempre sueña con la muerte. La noche anterior fueron vacas desplomándose en un campo. La pasada semana soñó cada noche con pájaros cayendo en medio del vuelo. Ahora peces, agonizando sin remedio. Sería la delicia de Freud interpretar sus pesadillas. O de algún tarotista o leedor de runas. Una gitana diría que le visitan los malos presagios.

Pelayo respira. Es lo único que puede hacer. Todo su cuerpo transpira miedo. El más atroz, el más incontrolable. *"Nada está pasando. Estás en casa. Todo es tu imaginación"*, se dice a sí mismo en la soledad de ese cuarto intentando firmar algún tipo de armisticio con su angustia.

Sí, la soledad lo abruma. Pero tiene que superar este ataque de ansiedad. Le toma minutos eternos recobrarse. Agua, tiene que tomar agua. Y respirar profundo. Inspirar, retener el aire cinco segundos y botarlo. Decirle al cuerpo que todo esto es una patraña de su mente prisionera de una escena de una película de terror. Le tiemblan las manos. Busca la pastilla, la maldita pastilla. Está en el cajón de la mesa de noche, al fondo.

Se levanta de la cama. Se asoma por el balcón. Lisboa, ah, la preciosa señora, duerme. En paz. La paz que él no tiene. Le duele la pierna que tuvieron que operar dos veces. Todavía le arden las cicatrices de la piel injertada en la espalda. Pero más le duele el ánimo. Para el desasosiego, para ese no hay cirugía que valga.

Ha pasado ya más de un año y todavía le acechan por los rincones los espectros. Barcelona está lejos. Aquella mañana está distante ya. Y no, no importa los kilómetros o el tiempo, no consigue huir de lo que pasó aquella mañana infernal. Tontos los que le pontifican que ha de pasar la página. No saben lo que dicen. No tienen idea cómo es vivir cada día con el terror pululando en cada célula del cuerpo.

Tiene que meterse bajo la ducha. Que el agua tibia le secunde en eso de lavar del cuerpo el sudor de miedo, que el jabón de lavanda le libre del alcanforado olor del tormentoso recuerdo.

Cierra los ojos. Piensa en todo lo bueno que tiene, en todo lo maravilloso que le ha pasado en las últimas semanas. Su matrimonio con Ariana, que algún idiota puede pensar fue por conveniencia, en realidad fue como besarse en el puente de los suspiros en Venecia. La confirmación de ese romance inesperado que llegó y los hizo imaginar una vida a dúo. Este trabajo que tiene ahora, ah, un sueño hecho realidad. Este piso en Lisboa, de la justa medida para albergar el amor de sus cuerpos. Pero nada de eso sirve para diluir ese miedo que tiene fecha y hora de fabricación y no de extinción.

A los demonios no hay que espantarlos. No hay que confrontarlos en una guerra torpe y desgastante. Son farsantes. Eso le dicen. Que tiene que mirarlos de frente, dejar que se bamboleen, que se desgañiten, que se marchiten en sus tentaciones y amenazas. Que de a poco vayan quedándose sin el combustible para maniatar la felicidad.

Amanece en Lisboa. Siempre la mañana vence a la noche. Es jueves. Ari regresará el lunes. Tiene que aguantar. Nada se sabe del atentado. Lo han sepultado en el fango del no importa. Las elecciones se comieron todo aderezado con salsa de inmoralidad. El tiempo que pasa, la verdad que huye. Eso escribió Virgilio.

"Los demonios, tus demonios, son poderosos, pero no más que tú y yo, no más que nosotros...". Eso le dice Ari, su bailarina que juega con el viento. La extraña. La cama se puebla de sombras y fantasmas cuando ella no está.

https://youtu.be/DY901vV_QCo?si=MpZBEubnFowVKHkU

https://youtu.be/f6TgfEdIvPY

"Con los secretos, lo difícil no es tanto callarlos como vivir con ellos."

-Joël Dicker

III.

Secreto

La R4 es una vía impecable. Con un asfaltado liso que permite que al menos durante un rato largo la vida no albergue inquietudes. Salieron a las 7 de la tarde en el coche de Aurora. Y de no haber sido por los atascos clásicos de cada viernes para salir de la ciudad, los 49 kilómetros entre Madrid y Aranjuez los hubieran hecho en menos de una hora. Pero estaban de tan buen humor que nada podría aguarles la fiesta.

Habían hecho una reserva en un hotel, no el más elegante y lujoso, pero sí uno en el que construir recuerdos. Un hospedaje con jardín, porque la vida con flores es siempre mejor.

Llegaron a tiempo para cenar en un restaurante que bien sabía Felipe que valía la pena. Un lugar muy arancetano, de cocina honesta que estaba en la lista secreta de "donde comen los cocineros". Con una carta breve y sin timos, con el vino adecuado, sin farsas de lenguaje, sin engañosas decoraciones en los platos, a un precio sin estafas y postres con linaje.

A Aranjuez —lo sabe cualquiera con los sentidos despiertos— hay que ir en otoño o en primavera, cuando las hojas tapizan la hierba de los jardines o cuando las retinas rinden pleitesía a la magia de las flores. Los tristes van en invierno, los banales en verano.

Alfonso y María de las Mercedes eran primos. Él, hijo de la reina Isabel II y el rey consorte Francisco de Asís de Borbón. Ella, hija de Antonio, duque de Montpensier y María Luisa Fernanda, infanta de España. Se conocían desde pequeños. Y estaban enamorados. La madre de Alfonso, la reina Isabel II, se oponía a aquellos amores; entre ella y el duque de Montpensier había un encono de ya larga data. La reina hizo todo lo que quiso y pudo para separarlos, pero Alfonso desoyó a la madre y fijó fecha para la boda. Mientras la reina estaba indignada, el pueblo estaba feliz. El 18 de enero de 1878, la primera llamada telefónica que salió desde Madrid fue a Aranjuez y sus protagonistas fueron dos enamorados: Alfonso y María de las Mercedes. Cinco días después, en horas del mediodía del 23 de enero de 1878, los jóvenes novios se casaban en la Real Basílica de Atocha en Madrid. Aquello fue un acontecimiento feliz y muy celebrado en calles y plazas. A los cinco meses, el 26 de junio de 1878, María de las Mercedes, "Carita de cielo" como la llamaban, a la edad de 18 años, sufrió un aborto espontáneo y falleció. Alfonso cayó en desconsuelo. Dicen que él conservó ese aparato con el que hizo aquella primera llamada telefónica. Cuentan los juglares y los viejos conocedores de la vida que allí, en los jardines del Palacio de Aranjuez, en algunas noches se ve la figura de una mujer con "carita de cielo" que camina y canta. Dicen también que Joaquín Rodrigo encontró inspiración en aquel amor frustrado por el infortunio para escribir en 1939 el Concierto de Aranjuez.

Bien sabía Felipe que Madrid no hubiera sido lo suficientemente grande como para poder alojar la indescifrable congoja de su exilio, de no haber sido porque la vida fue generosa y le hizo cruzarse con Aurora. El destierro se escribe en un idioma sin reglas, sin sintaxis, sin diccionario. Nunca pensó que podría enamorarse de una mujer como ella. Lejos en el tiempo y en la larga distancia entre Colombia y España había quedado aquel matrimonio fracasado y el tan áspero divorcio. Error de juventud. Pero ya eso era agua pasada. Marta Elena y toda su coquetería frívola no era sino un mal recuerdo. Un traspiés.

Lo tenía todo preparado. A la caída del sol, en los jardines. Detrás del café, donde los paseantes de todas las eras procuran un árbol que los guarezca para besarse. Así llevaban años haciéndolo reyes y plebeyos. Le inventó una excusa, que debía juntarse con unos chefs. *"Una reunión corta, se lo prometo. Nos vemos a las cinco, en ese jardín que nos gustó tanto en el palacio"*. Aurora comenzó a sospechar. A temer. Algo, quizás su sexto sentido de mujer, le dijo que Felipe está preparando algo.

En la penumbra de sus muchas noches de amor, tantas veces Aurora le escuchó repetir que su sueño era tener su propio restaurante, o dos, uno en Madrid y otro en Medellín, para crear puentes, platillos que unan y no separen, casarse, formar una familia. *"Quiero dos o tres hijos"*. Tenía derecho a ello. Se lo había ganado. Pero, por mucho que lo amara, ella no podría darle eso.

Todos tenemos secretos. El de ella era puntiagudo, astringente en fondo y forma. Quizás ha debido confesárselo cuando apenas comenzaban a bordar esa relación. Pero le falló el coraje. Fue cobarde. Tal vez pensó que lo de ellos no pasaría a más, que no sería sino un agradable affaire de una o dos estaciones sin luces de futuro, como una escena de una película de los años sesenta. O acaso quiso engañarse, soñar que sería posible ser feliz. Se había mentido a sí misma, que es la más peligrosa de las estafas. Y ahí estaban ahora, enamorados, ella, en una mezcla a partes iguales de miedo y vergüenza; él, sin saber las cosas que ella no debía haberle ocultado.

La noche anterior lo había visto durmiendo en la cama. Con el rostro reposado, con el sosiego de los inocentes. ¿Cómo decirle la verdad, cómo explicarle que lo de ellos no es más que un poema de deseos imposibles?

Camina por Aranjuez. Lleva su carry on. Vibra su móvil. Es Felipe. No tiene el valor para atenderle. Sólo se atreve a escribirle. *"No voy a llegar. En el hotel te dejé una carta. Te amaré toda la vida".*

Al taxista que la llevaría a Madrid le dijo: *"Hombre, tómese su tiempo, que me corre prisa irme, no llegar".*

https://youtu.be/r2KDzL5Ul58?si=5ViES8jCy5nR9Bzu

https://youtu.be/sNhr6RKpWkc?si=bHw-POuRGI3KNeow

"Todo cielo tiene su lucifer y todo paraíso su tentación."

—José Saramago

IV.

Tentación

Dicen los desinformados que la rehabilitación es difícil. Dicen mal. Es nada comparado con lo que viene después.

Antonio estaba "limpio". Meses habían transcurrido sin dejarse tentar por los cantos ensoñadores de polvillos blancos. El tiempo en aquel pueblo le había hecho bien a su cuerpo y a su alma.

Su regreso a Madrid había sido sin atropellos ni sobresaltos. Vivía en un piso sencillo en una zona céntrica, con vecinos de buen quehacer y proceder. Tenía trabajo en un club de los más “in”, a cargo de todo lo técnico. El sueldo era bueno. Su oficina estaba en el sótano.

Allí, a ese club iba lo más granado del famoseo y era el sitio preferido de los pijos. Los paparazzi se apostaban en la acera, cazando la oportunidad de fotografiar algún escándalo. La crisis económica no existía para esa gente. Antonio estaba solo, alejado de los que habían sido amigos de bien y, para su infinita desgracia, aburrido a morir.

Ella era bellísima, con un cuerpo de infarto al miocardio. Una rubia, de fulgurantes ojos azul turquesa y vestida para matar. Y nada indicaba que fuera una mujer de respetar barandas. A leguas se le notaba que tomaba lo que deseaba. A finales de los ochenta sus padres, rusos de origen, habían logrado que los destinaran a Berlin oriental. Mucho mejor pasar el frío allí que en la gélida Moscú. Y allí estaban cuando cayó el muro. Pasaron de ser funcionarios protegidos por el comunismo soviético a refugiados en la Alemania reunificada. Lara creció con una madre que se alcoholizó y con un padre que de funcionario nivel 3 pasó a aceptar un empleo cómo recogedor de basura.

Desde muy joven los ojos de todos se desviaban para mirarla. A los diez y siete años empezó a bailar en un club para camioneros. A los veinte ya mostraba su cuerpo en el mejor club para hombres de Berlín. Y, claro está, a los padres los dejó en su vida miserable. Un alemán viudo bien entrado en años se enamoró de ella. Se casaron. Tuvo la suerte Lara que al año al esposo le dio un infarto fulminante. Lara heredó una insospechada fortuna. Decidió cortar con todo y se mudó a España. A los pocos meses ya estaba en negocios turbios. Era el mundo en el que se sabía mover.

Lara no reparaba en nada. No conocía cosa alguna parecida a límites. Y ya había decidido que aquel argentino de muy buen ver estaba en su lista de antojos. Él, la verdad, no tuvo oportunidad alguna de defensa.

El club estaba a reventar aquella noche de jueves. Atestado de una fauna que rememoraba los tiempos de la Berlín de los tiempos locos que precedieron a la guerra. Un zoológico de contacto. La música estallaba tímpanos… y conciencias. Ella lo bailó. En la boca le compartió un beso lascivo y le deslizó una pastilla. A los minutos a Antonio el cuerpo se le llenó de excitación y de insensatez.

Hubo un al día siguiente, y otro siguiente, y otro más. *"Es un metejón"*, se dijo a sí mismo con el engreimiento de los tontos. Y llegó el día en que, pobre lerdo, se descubrió perdido en una pasión absurda por aquella mujer. Ella le impuso sus normas, sus códigos, sus leyes. Lo mudó a su vida. Lo convenció de dejar su empleo. Lo hizo su esclavo. Para cuando entendió, ya era tarde. Sin escapatoria.

https://youtu.be/7t2wgcLi2Ps?si=J0GW_HjGuBP_jyoG

https://youtu.be/jTYX9l9sOv8?si=E9w9Bd03
9PBBPM2K

"Nuestros pecados son testarudos,
nuestros arrepentimientos cobardes."

—Baudelaire

IV.

Confesión

Nacer, crecer, reproducirse y morir. La vida es lo que sea que ocurra entre esos verbos.

Poco o nada tiene que ver con el lugar donde el hecho acontece. Va de entender que el abuso de la posición de poder es condenable, sea quien lo cometa, sea el pedazo de territorio entre el cielo y la tierra donde ocurra.

Ella tenía diez y seis años. Y era, a los ojos de todos, un pimpollo. Particularmente inteligente, buena para resolver ecuaciones con muchas variables y con una redacción de esas que agracian el idioma, era empero de atisbos tímidos, indefensa ante las truculencias de la mente de aquel hombre cuya mayor virtud era la habilidad para engatusar con artificios de hechicero de emociones incautas.

Supo cómo hacerlo. Supo qué palabras usar, cuáles teclas tocar, dónde dejar caer sus artes, cuándo pasar de un gesto a una caricia. Ella se fue sintiendo mujer. Que un hombre tan guapo, tan importante, tan admirado fijara su mirada en ella le hizo pensar que el mundo, su mundo, se hacía bonito.

Pero hasta el más experto de los seductores cae en su propia trama de superioridad. Y ahí se descuida. Se deja llevar por lo que quiere creer. Cuando ella le dijo que estaba embarazada, a él se le erizó hasta la última hebra de cabello. Y ella fue tan tonta que esperó el fondo musical de un cuento de hadas, los acordes sinfónicos de la escena culminante de una telenovela. Nunca imaginó su pendenciera y tan insultante pregunta: *"¿Y estás segura de que es mío?"*

Muchos pueden pensar que una joven de diez y seis años es una mujer hecha y derecha. No lo es. De hecho, está en la edad de la debilidad, aunque su cuerpo que procura ilusiones no lo sepa.

La España de aquellos años aún no cruzaba la línea que marca el inicio de la sensatez. Para que una mujer accediera a servicios médicos para un aborto, el procedimiento sólo era aceptable bajo circunstancias extremas. Y si era menor de edad, necesitaría además contar con la rigurosa aprobación y acompañamiento de sus padres. Las leyes inspiradas en el poder prejuicioso y no en la razón generan caminos y también oscuros pasillos.

Inventaron un paseo escolar, *"para ver universidades"*, y aquel jueves viajaron a la frontera con Francia. La madre no leyó en su abrazo de despedida el miedo de la mocedad.

Las fronteras en todo el mundo son espacios donde las leyes se vuelven pompas de jabón. El médico español era un mediocre, pero extraordinariamente hábil para cuadrar con pares franceses, de igual liviandad moral. El procedimiento fue en un consultorio de buen ver. Pero a veces la estructura no alcanza para la buena obra. Un aborto realizado con impericia puede poner en riesgo la vida. Uno hecho por un traficante de la angustia puede dejar consecuencias irreparables.

A la semana de aquel viaje a Francia, el tan admirado profesor anunció, con bombos y platillos, que contraería matrimonio con la hija del alcalde, una linda abogado recién graduada. *"Lo que es del cura, va para la iglesia"*, dijo con pompa el burgomaestre, feliz próximo suegro, cuando lo entrevistaron en una radio local. *"El yerno, porque desde ya lo llamo yerno, ha recibido una invitación para dos años como profesor en una de las mejores universidades de Suiza. Así que los chavales, que se nos casan y se nos van"*. La boda fue el gran acontecimiento social en la augusta Burgos, reseñado por todas las revistas del corazón. Asistió la plana mayor del partido.

Lo de menos fue el inexplicable pesar que se posó sobre el rostro de Aurora. Aquello no pasaba de ser una "página de la vida real" de algún folletín de Corín Tellado. Eso se lo enseñaría la vida. Lo de más, muy de más, fue el hallazgo luego de unos meses: aquel procedimiento había generado un daño irreversible. Había quedado estéril, como dictaminó la ginecóloga que la auscultó. Como gata doméstica que quiere evitarse pueble la cuadra con descendientes. La madre guardó silencio.

Aurora se graduó, con honores. Y vino la universidad. Y los estudios de posgrado. Sí, había logrado pasar la página. Lo de ella había sido una estupidez de juventud. Pero una con rastros. Había roturas sin posibilidad de remiendo. Para aquello no había zurcido invisible. Su mente privilegiada brillaba. Y la vida le puso por delante un camino de éxitos. Al resto, había renunciado.

Felipe, aquel colombiano honesto y decente, no estaba en sus planes. El amor había sobrevenido. Él, con justa razón, quería formar una familia, tener hijos. Ella no podría dárselos. Todo eso se lo confesó en aquella carta que le dejó en el cuarto de hotel en Aranjuez aquel sábado de otoño.

https://youtu.be/AmO0cpboUzk?si=IXaz3Hajvzry UCRv

https://youtu.be/-o1qf_vJlN8?si=tMYf04LEgHZQweLz

"Hace tiempo que mi nostalgia se ha familiarizado con los ojos secos. Y ahora me gustaría, además, que mi nostalgia también dejase de tener dueño."

—Herta Müller

V.

Nueve letras

Cuando prepara su equipaje, un inmigrante mete en él mucho más que vestimenta, la música de su vida o un álbum de fotos. Ahí van varios kilos de añoranza, litros de desilusión y una cantidad indeterminada de sueños mágicos. Cuando cierra esa valija quizás no entiende que lo que tiene por delante es un carrusel de incógnitas. Si tiene suerte, allí donde llegue puede que tenga facilidad para resolver necesidades básicas, trabajo, dónde vivir y cómo lidiar con una burocracia cuyos intrincados caminos le son desconocidos. Pero contra el dolor de la lejanía no hay pastillitas de venta en la cadena de farmacias que ya ha identificado en la esquina más próxima.

Beltrán es un hombre de gustos sencillos. Lo era en Venezuela, lo es ahora en España. Algunos, como al desgaire, dirán que su caso es de los fáciles. Tiene la nacionalidad, tiene trabajo, tiene un techo en un barrio de calles con el lujo de la historia. Se ha enamorado de una mujer hermosa y fascinante, que es la antítesis de la melancolía. Y, dentro de lo que cabe, su familia en Venezuela está razonablemente bien. Tienen para poner comida cada día sobre la mesa. Ante ojos incautos, para plumas de esas que escriben frías estadísticas, lo de Beltrán parece una página de un libro de fantasías.

La pirita brilla como el oro, pero no lo es. Su corazón se debate entre lo bueno de esa vida que ha logrado construir en España y Venezuela, su Venezuela, desgajándose con dolor. El DNI que lleva en su billetera marca que es español. Pero su corazón es venezolano. Y ese corazón no ha conseguido aprender a estar lejos.

Su paso por Pasapalabra no estuvo nada mal. Cuarenta y un programas antes de ser vencido en la silla azul. Cayó por el barranco con la pregunta "con A, parte que une los brazos del fuste de una silla de montar". Lo traicionaron los tiempos. Dudó y al cabo de los segundos no consiguió en su cerebro el vocablo: "albarda". En fin, aquella aventura le produjo buenos cuartos y fue, lo reconoce, emocionante y entretenido competir.

A Almudena le ha costado mucho comprender los silencios en los que se sepulta Beltrán cada vez que habla con su gente de Caracas.

—Cielo, ¿todo bien allá en Caracas — le pregunta cuando le escucha despedirse en un llamado.

—Sí, todo bien. Bue… Dentro de lo que cabe llamar bien a ese monumental disparate que es mi país.

—Este también es tu país.

—No, no lo es, y nunca lo será. Aquí soy un llegado, un sobreviviente de un naufragio. Un pasaporte me da nacionalidad, no bandera.

El corazón de un migrante es un músculo que ha perdido la fuerza, un reloj cuyas agujas se han quedado atascadas y no giran. Cuando alguien deja su país, la palabra inmigrante pasa de significado a significante. No es lo que dice el diccionario. Es lo que relata la piel. No es apenas cambiar de geografía, de código postal, de paisaje. Estar solo es mucho más que sentir vientos de soledad. En realidad, la soledad es quedarse sin la compañía de la propia sombra. En esa soledad sin códigos ni preceptos está la historia por escribir y que no se podrá difundir, so pena de cargarse la acentuación ortográfica de la apatía. El exilio tiene colores, olores y sabores indefinibles. Las palabras destierro y quebranto tienen la misma cantidad de letras.

Lo más valioso que hay en la maleta de un emigrante es su alma con aforo para los recuerdos, para no olvidar. La palabra nostalgia tiene nueve letras. Y es de acentuación grave. A esa palabra hay que sedarla con cercanía.

—Me voy a Caracas, en un par de semanas. Ya compré el boleto— le dijo.

—¿Por qué? ¿Pasó algo? ¿Tu familia se encuentra bien?

—Ellos están bien. Soy yo, que necesito remojarme la nostalgia.

—¿Por cuánto tiempo te vas?

—No lo sé.

https://youtu.be/kYX5kqkwhdQ?si=efpDvT546cdf3aL6

https://youtu.be/SkRVAXqEujA?si=jld8lpPD91NJLo_z

"Amar duele. Es como entregarse a ser desollado y saber que en cualquier momento la otra persona podría irse llevándose tu piel".
Susan Sontag

VI.

Estrategia

En muchas grandes ciudades, al menos del mundo occidental, hay un bar abierto hasta tarde, casi hasta el amanecer, donde Sinatra vive y canta. Porque nadie le ha cantado más y mejor a la melancólica introspección que Frank Sinatra, tal vez porque él no se limitó a cantar, él vivió en su propia piel cada nota y cada verso de esas poesías.

Al de Madrid fue Felipe cada noche, después de cerrar el restaurante, por un largo mes. Se sentaba en la barra, en silencio, y bebía, no en exceso, más bien con respetuosa elegancia. Dos whiskies, en las rocas. Y escuchaba una tras otra las canciones en aquella voz que hasta ahora no ha sido posible repetir. Necesitaba trasegar de un lado al otro del corazón lo que sentía.

Luego de leer la carta de Aurora, Felipe se había quedado en catatonia. Fue mucho más allá que la incapacidad para arbitrar con la sorpresa. La parálisis le impedía razonar. No entendía nada. Aquel domingo, tras una noche del más intransigente insomnio, al caer la tarde regresó a Madrid. En el coche viajaron dos: él y su tristeza.

Ella, la tristeza, se enfrenta a una encrucijada de tres caminos: por uno se llega al estancamiento, un hundirse en ella sin ver luces; por otro la mente se escuda en la bronca, una de esas rabias inservibles que ciegan. Y está el tercer sendero, escarpado, exigente, que puede impulsar una esperanza que nada tiene que ver con ilusiones, que le hace cirugía mayor al corazón roto y que vence a la resignación.

Le tomó semanas llegar hasta el carozo de aquello que sentía. Pasó por todas las emociones imaginables. Desconcierto, ira, pesar. Pensó en correr a Colombia, donde al fin y al cabo conocía cada legua de la ruta del desastre. Pero desarmar es tan complicado como armar. Los colombianos llaman tusa al despecho. Lo de él era un mal de amores de esos en los que no es bueno hurgar. Se refugió en lo que le permitía escapar. Como buen paisa, no hizo otra cosa que trabajar hasta la extenuación. No habló con nadie de lo que había pasado. No fue a tocar la puerta del piso de Aurora, no la llamó ni se acercó a las oficinas de Sistemas de Monterrey. No cayó en el trillado expediente de ahogarse en alcohol. Trabajó sin parar. En el restaurante y en el estudio grabando el piloto del programa de televisión que se estrenaría en primavera. A cualquiera que le llamaba le decía lo mismo: *"Perdone, pero estoy muy complicado en estos días. Cuando me desocupe hablamos."* Y en las noches, dos whiskies y Sinatra.

Una madrugada, al regresar de empaparse el alma en canciones, ahí, en la azotea del edificio, en la penumbra, viendo las luces de esa Madrid que aún dormía, bebiendo un café, entendió. Quizás fue la luna que iba cada día apagando sus luces la que le dio las coordenadas, la que le explicó que la vida no es de batallas, como tantos tontos dicen; es de guerras que hay que ganar, una a una, con las armas de lo único tan poderoso que puede con cualquier escollo: el amor. Que al fin y al cabo, lo único por lo que vale la pena dejarse la piel es el amor. El resto es adorno, baratija de tienda en saldo. La luna le dijo que siempre hay nuevas vueltas; que, como ella, el corazón se apaga y vuelve a iluminarse. Entonces logró ver claro.

https://youtu.be/fBxLkacjkSk?si=WbpvPnlQ3ddp3YDM

"Me muero por preguntarte
si es igual o es diferente
querer amar y si es cierto
que yo te amo y tú me quieres."
-Andrés Eloy Blanco

VII.

Patria

Caracas. Ah, Caracas. El cielo estaba azul. No de cualquier azul. Un azul intenso. Como si desde su lejana altura Dios mismo quisiera decirle a los venezolanos que la esperanza existe, que no vean lo de hoy, que en ese azul brillante vean lo que puede ser.

Tres años desde que se fue a Madrid. Allá se siente un alienígena. Lo raro es que también es un forastero en Caracas. Complejo. Un limbo.

En Caracas la gente en la calle intenta transitar por la más anormal normalidad. La familia está bien. Pero han envejecido, todos. Tienen en sus pieles y sus miradas las grisáceas marcas de la tristeza. Se han convertido en pasajeros de un tren sin destino. La abuela se ha ancianizado. La madre muestra en el rostro unas arrugas que no tenía tres años atrás. Pero el amor está intacto. Le preparan los platillos que le gustan. El hermano lo abrazó con fuerza, como se abraza a quien se echa de menos. El papá lo miró sin decirle frases hechas. Sus ojos hablaron.

En la noche, en el silencio del que fue su cuarto, con la cabeza sobre la almohada que parece tener las huellas de su juventud, piensa. Aquí está, en Caracas. Tiene que tomar decisiones. Lo perfecto, lo correcto, no existe y no hay cómo inventarlo. La vida no es un juego de Lego. Navega en un mar de dudas. Lleva años nostalgiando a Venezuela;

ahora extraña a España. Cómo despejar semejante disparate.

La revista le ofreció ser corresponsal en Caracas. Cualquiera se rompería los huesos por un trabajo así. ¿Soportará ser el relator de la destrucción de cada día, el reportero de la toxicidad que se ha desplegado como densa e invisible nube densa? Almudena. ¿Será la mujer de su vida? ¿La que le amaine las angustias? Y está la pregunta gruesa: ¿podrá hacerla feliz? El amor que no es responsable no es amor.

Dudas. No tiene aún la manera de estirar la tela. Su vida tiene arrugas.

La mañana siguiente fue a caminar por lugares conocidos. Se topó con cambios que más bien parecían mutaciones. La calle por la que solía dejarse pensar los sábados de tarde no es ni remedo de lo que fue. No está la panadería de siempre, ni la mercería de doña Puri. Tampoco la ferretería de

Pancracio. Lo más doloroso fue ver la librería convertida en sala de videojuegos. ¿Dónde carajo cabe él en este país tan convertido en autómata? ¿Cómo leer este guión del delirio?

Fue al centro. Le habían dicho que estaba en marcha un plan de rescate, Bonito. Pero sin personalidad. Un embellecimiento de maquillaje. En tres años de ausencia los escenarios urbanos han pasado a ser comparsas de cartón piedra, campos de hierba artificial.

Una semana ya. Cada día se escribe con Almudena. Ella está bien. Feliz en el coro del Teatro de la Zarzuela. Cumpliendo sus sueños. Le pregunta cuándo vuelve. Él no pasa de un no sé.

—¿Vamos a tomar una cerveza?— le preguntó el papá recostado en el quicio de la puerta de su cuarto.

—Claro, viejo. Termino esta nota y vamos. Cinco minutos.

El bar les es conocido. Mil veces fueron allí a charlar, a hablar de sueños y de planes. Es de los pocos que no han sido modernizados y convertidos en un espacio decadentemente moderno.

Hay algo maravilloso, clandestino y exquisito en una conversación de padre e hijo. Un puente seguro. Una complicidad sin pagarés. Dos cervezas y un cuenco de mereyes.

—¿Y la novia? ¿Qué tal? ¿Cómo anda ese corazón?

—Mira, es ella— le muestra una foto en su celular.

—Vaya, es guapa, muy guapa. Lindo pelo. Bonitos ojos.

—Es andaluza. Es cantante. Está en el coro del Teatro de la Zarzuela. Es una castañuela.

—¿Y? ¿Va en serio?

—Viejo, estoy muy enamorado. Pero tengo dudas.

—¿Dudas? ¿Por qué? Si estás enamorado y ella de ti, ¿a santo de qué vienen las dudas? Porque supongo que ella también está enamorada.

—Porque no sé qué hacer con mi vida.

—No me digas que estás pensando en volverte a Caracas. Por Dios... Mira, este país se hunde. Ya se han ido más de dos millones y se irán más. Cada día es peor. Cada día es más difícil vivir aquí, cada día es más peligroso. Ya decidí vender el negocio. Una compañía venezolana decente la quiere comprar. Con eso nos vamos a vivir a España con tu mamá y tu abuela. Tu hermano se va a casar y se van a vivir a Italia. Si te vienes, estarías solo. Y tu madre y tu abuela muertas de la angustia.

Segunda ronda de cervezas.

—Y eso, ¿no es rendirnos? ¿Acaso no es abandonar, fallarle a Venezuela?

—Nadie dice que vamos a tirar la toalla. Vamos a luchar desde afuera. Y eso lo puedes hacer tú también. Puedes escribir sobre lo que está pasando. Para eso no tienes que estar aquí. Mira, los españoles que estaban en Venezuela lucharon muchísimo por la democracia española. Incluso parte de la Constitución que se hizo luego de la muerte de Franco, pues se escribió aquí, en Caracas. ¿Vamos a dejar de ser venezolanos? No. Nunca. No es que nos vamos a ir y vamos a botar a Venezuela en el basurero del olvido. No es "si te he visto, no me acuerdo". Este es nuestro país y siempre lo será. No porque lo diga una cédula o un pasaporte. Porque lo dice cada milímetro de nuestra piel. Porque nacimos aquí. Tu abuelo fue español hasta el último día de su vida. A él le robaron su país. Y nosotros lo recuperamos para él. Le hicimos justicia. Porque nunca es tarde cuando se tiene la razón. Pero como mártires, créeme, no ayudamos. Los mártires, no hacen patria, llenan cementerios. Los muertos no le hablan sino a los forenses. Para luchar hay que estar vivo —el padre le hablaba con la voz entrecortada —. Tú tienes la obligación de ser feliz. La felicidad no es estar alegre o vivir en un mundo de fantasías. Es ser recto y decente y hacer lo que uno vino a hacer a esta vida. Es poder pararse frente al espejo y no sentir vergüenza de uno mismo. Y eso, ser feliz, es lo que te va a dar fuerzas para luchar por tu país. Tu abuelo siempre escribía sobre eso. Anda, terminemos esta cerveza que seguro tu mamá ya tiene lista la cena.

Al regresar al apartamento llamó a Almudena.

—Cariño mío, regreso la semana que viene. Espérame y tomamos el tren a Andalucía. Quiero conocer a tu familia.

https://youtu.be/RbBptDCWlvU?si=wWjXp8EhFvy56gFd

https://music.youtube.com/watch?v=R70wWRqWU_c&si=Panv2m--fETYanWI

"A quien cuentas tus secretos, haces tu dueño".

VIII.

Diana

Madrid tiene la fina pericia de disimular engaños. Los transitorios en ella sólo ven lo que está sobre las alfombras. Cómoda, preciosa, diversa. Y peligrosa. Así es Madrid.

Diana había llegado allí como muchos venezolanos mal llamados de la diáspora: con apariencia de turista, un pasaporte venezolano válido por varios años, un boleto de ida y vuelta, un seguro por el lapso marcado del viaje, una dirección de alojamiento, una carpeta con todos sus documentos apostillados, una maleta pequeña para no despertar sospechas y quinientos euros. Ah, y la intención de quedarse.

¿Qué hace que una odontóloga termine sirviendo copas en un bar de stripers en Madrid? Simple, la necesidad. Diana había pasado los años de estudio universitario en un país constantemente convulsionado. Y, como cientos de miles de jóvenes venezolanos, no vislumbra futuro. Y luego que en una protesta unos salvajes de las fuerzas de seguridad la rociaron con gas y tuvieron la fina cortesía de obsequiarle una ráfaga de perdigones, estaba claro para ella y para sus padres que tenía que irse tan pronto se graduara. Allí estaba entonces, en Madrid, comenzando su propia historia de exilio, tratando de armarse una vida.

Ella creía que había llegado al primer mundo; que atrás, lejos, a miles de leguas, había quedado la oficinesca y tan tercermundista bacanal del papeleo. No le tomó demasiado tiempo entender que el burocratismo español no difiere en mucho del que medra, como bacteria invencible, en las que hasta un par de siglos fueron sus provincias de ultramar. El legado español es bueno en muchas cosas y pertinazmente infecto en otras. Fue de la corona de la que la América hispana, heredó las exigencias de gestiones infinitas. La tramitología, un invento perverso de la etapa de grandiosidad del imperio español, fue a la postre lo que le costó al reino la indignación de los criollos y la decisión de emanciparse que propició las guerras independentistas. Las Leyes de Indias eran torpes, una aberración, una camisa de fuerza que se tornó intolerable para quienes habían hecho de la producción y comercio de bienes su modo de vida. Y ya venía con tardanza "La Pepa". Para cuando fue aprobada en Cádiz el 19 de marzo de 1812 ya los vientos de libertad se habían alborotado en las provincias americanas, muchas declaraciones de independencia habían sido firmadas. Aquello no tendría vuelta atrás.

Ha llenado una docena de formularios que ha consignado en igual número de oficinas nacionales, provinciales y municipales. Se conoce cada casilla y ha cumplido a pie juntillas con todos los requisitos. Su título de "Odontólogo", emitido por la Universidad Central de Venezuela, está "en revisión", así como su solicitud de visa de residente. Ella no tiene abuelos europeos ni sus apellidos constan en listas sefardíes.

Claro está, como país del primer mundo, el curso de los trámites está disponible para consulta en una pléyade de sitios web. Cada día los revisa para encontrar que la frase esperada, "aprobado", aparezca con luces a colores refulgentes en la pantalla. Y cada día se estrella contra el "en proceso". Proceso debe ser la palabra más abusada del lenguaje de los tiempos que corren. Y para un migrante es la más repugnante y descorazonadora. De su hermano mayor, hijo del primer matrimonio de su papá, recuerda la frase que repetía con tediosa frecuencia: *"La burocracia es una máquina gigantesca manejada por pigmeos. No lo digo yo; lo dijo Balzac"*.

Lo de servir copas en aquel "club de entretenimiento para adultos" le produce buen dinero, pero no es un oficio exento de disgustos. Nunca falta el cretino que cree que el dinero que paga por el licor incluye el derecho a manosearle las nalgas a la mesera. A su familia le ha dicho que tiene trabajo temporal en una clínica odontológica, en negro, mientras salen los papeles para poder sumarse al plantel profesional. *"Cuestión de días, mami, no te preocupes"*, escribe a casa. Una mentira blanca, perdonable, que se dice para no hacer sufrir. Las mentiras blancas son como la esperanza, no dan vergüenza. Si su mamá supiera en lo que anda, sus lágrimas no serían de cocodrilo. Su llanto sería un deslave mayor que el de Vargas en 1999. Y de enterarse que su muchachita tenía semejante oficio, de una y sin pensarlo dos veces el papá la hubiera montado en el primer vuelo de regreso.

Estaba una tarde en un café, gastando tiempo antes de ir a cumplir su horario de mesera. Leía en su móvil la ristra de noticias sobre Venezuela, a cual peor. En la mesa de junto, una mujer exquisita. Bien vestida, de modales impecables y con una sonrisa de esas que articulan confianzas. Todo comenzó con un simple comentario: *"Hermosa tu bufanda"*, le dijo aquella rubia de ojos turquesa. Notó su acento delator de forastera. *"Yo soy Lara. Soy alemana, pero ya llevo tiempo aquí en España. Me cansé del frío. Ahora reparto el tiempo entre Madrid y Marbella"*.

No fue de inmediato. Fue más como un crucero con varias paradas. La fue envolviendo con su simpatía. Sola en Madrid, Diana necesitaba alguien con quien al menos hablar, una amiga con quien rellenar el silencio de la exasperante espera por sus papeles. Los días siguientes se encontraban en las tardes a tomar café. En cada charla Lara le fue succionando información. Una de esas tardes Diana le confió que vivía en un cuarto en una pensión poco agradable. Lara le ofreció prestarle un piso. *"No lo uso y no quiero rentarlo. Los inquilinos por temporadas cortas los destrozan y los de permanencia luego nunca quieren desalojar. Anda, múdate. Me hace feliz ayudarte. Es lindo, pequeñito, muy bien situado. Ahí estarás muy bien"*, le dijo con suavidad de seda en la voz. Y Diana aceptó.

También aceptó el regalo de un abrigo. *"Tengo varios y este no lo uso. Quédatelo, que Madrid es traicionera con las brisas"*. Y a ello siguieron más aceptaciones: invitaciones al teatro, a conciertos de los más famosos cantantes, a cenas en buenos restaurantes. Lara era una embaucadora profesional. Y a sus veintisiete años y a pesar de provenir del país con la mayor producción de añagazas de Latinoamérica, Diana cayó por inocente en aquellos pulidos embelesos.

Ese jueves en que la desesperanza le jugaba trucos, Lara la llamó.

—¿Estás libre el fin de semana? Estoy en Marbella. ¿Se te antoja venir? Hace frío pero no llueve.

—Por suerte este fin no me toca turno. Pero tengo que estar de vuelta el domingo porque el lunes a primera hora tengo que ir a extranjería. Parece que al fin me darán la visa de residente.

—¡Qué bien! Así podrás dejar ese trabajo y dedicarte a lo tuyo. Celebremos este finde en Marbella, a tope.

Marbella es bella, aunque suene a redundancia. Y ha sido, de siempre, ambiente propicio para festicholas y reventones. Diana llevaba tanto tiempo sin ver el mar —algo inconcebible para una caribeña— que se le despertaron los sueños de arena. La fueron a buscar a la estación del tren y ahí mismo, en el coche, comenzó la rumba. La llevaron a una marina y la embarcaron en un yate de esos que ella sólo había visto en películas de James Bond. Había gente de todo tipo, color, olor y sabor. Gente con rostros de portadas de revista. Beautiful people. La champaña corría sin discreción, como si estuvieran tomando guarapita con agua de coco de Choroní. Honestamente, Diana se sentía como cucaracha en baile de gallina. Pero, fingiendo, disimuló su provincianismo.

Cuando despertó estaba en un cuarto, en un piso alto en un edificio. Estaba sola, desnuda en la cama. Y su cuerpo no hacía sino gritar reclamos. Lo último que recuerda es estar bailando con un hombre un tanto mayor que ella.

La puerta del piso de dos ambientes está cerrada con llave. Los vidrios de la ventana son contra ruidos y no se abren. Ha gritado en la esperanza de que alguien la escuche a través de las paredes. Nada. No sabe cuánto tiempo lleva allí. Pero tiene hambre y sed. Siente la boca seca y pastosa, con restos de un sabor extraño. En la cocina consigue unas bolsas de chucherías y chocolates. En la nevera leche y jugos. Y doce botellitas de agua mineral.

La televisión sólo tiene acceso a canales de películas, nada con lo que pueda enterarse de lo que ocurre en el mundo exterior. En una gaveta en el baño encontró un blíster de ibuprofeno. Se tomó dos; se le partía la cabeza. También hay toallas y todo lo que pueda requerir para el aseo personal. Se bañó. Bajo la ducha se tocó el cuerpo. No sentía abuso.

Frente al espejó trató de buscar algún moretón. Nada. En el clóset de la habitación encontró ropa: dos chandal, dos licras y un par de zapatillas. Y ropa interior, nueva, de su talla.

Hace esfuerzos por recordar. Un yate, música, mucha champaña, una gente que no había visto en su vida. Y Lara, su amiga. Recordaba claramente que Lara le sonreía. Un hombre bailaba con ella. Y ya. Hasta ahí. Eso es todo lo que recuerda. Su mente es una nebulosa espesa. Miedo. Eso es lo que siente.

https://youtu.be/Gt8a2fe2gbk?si=2010DtS9oKZWWv_W

"Hacía falta el naufragio
para rozar lo secreto
Teniéndonos apenas como fondo
el rumor de las cosas han tomado
forma"
—Christian Díaz-Yepes

IX.

Renacimiento

El miedo, la rabia, el asco, la alegría, la sorpresa, la tristeza. Esas son las emociones que nos acompañan desde que nacemos. Son espontáneas, no planificadas. Y para controlarlas tenemos que racionalizarlas. Y lo hacemos poco y nada.

Andrés lleva mucho tiempo intentando acordonar sus emociones. Lo ha logrado. Tanto que se ha automatizado. Llega a las fronteras y se frena. Ah, pero los sentimientos son otro asunto. Cuatro años han pasado desde la muerte de Ana Luisa. Nunca habla de eso. Ni con su familia y amigos, ni con la gente del trabajo, vaya, ni con su sombra. Y no acepta interrogatorios y menos que menos consejos. La procesión va por dentro. Si quisiera que vieran al santo, lo sacaría en paso sobre sus hombros de costalero y bajo un palio.

Adrede, ha eludido viajes a México. No quiere aproximarse a los recuerdos. A veces por trabajo o cuando ha encontrado tiempo libre, se ha dedicado a viajar por Europa. Ahora estaba en Lyon, muy afanado en la entrega final y puesta en marcha del sistema para esa ciudad. Estaría muy ocupado, pero algo de tiempo se haría para aprovechar que Magdalena estaba allá para un encuentro de teatreros. Podrían verse para disfrutar el ocio.

Lyon es una ciudad a la que suele no hacérsele justicia. Es vieja, muy vieja. Con encantos escondidos. En cada esquina hay retazos de historia. Y de gente irrepetible. Saint-Exupery, los Lumière. En una de sus calles se rodó la primera escena que se proyectó en una sala de cine. En ella se ve a obreros de una fábrica de aparatos fotográficos saliendo por la puerta que da a la calle Saint-Víctor. Son unos cien. En la escena se les ve charlando, caminando o en bicicleta y algunos en modestos carros de caballos. La escena, de exactamente 46 segundos, culmina con el cierre del portón de la fábrica.

De Lyon es el teatro del Guignol, creado por un tejedor que tras los sucesos de la revolución, al quedarse sin empleo, se hizo barbero y sacamuelas. Instalaba su puesto en los mercados y para entretener creó un muñeco que se burlaba de los políticos y los nuevos poderosos, la nouvelle bourgeoisie.

Lyon tiene más estrellas Michelin por metro cuadrado que cualquier otra ciudad. Pero Andrés y Magdalena, sabiamente, prefirieron comer en el Auberge des Canuts, un bouchon con biografía en el Viejo Lyon, entre gente de bien, con cocina estrictamente del país.

Magdalena le producía una densa tranquilidad. Nunca hablaban del pasado. Ni el de él, ni el de ella. Ana Luisa no estaba en sus largas conversaciones. Tampoco el director de cine que había sido el compañero de vida de Magdalena por muchos años. De los difuntos es mejor no hablar. Al fin y al cabo, los muertos no cambiarán de oficio. Están en el más allá haciendo su nueva vida.

¿Bebieron de más? Sí, tal vez no han debido descorchar esa segunda botella de Côtes du Rhône. Quizás fue aquel galante licor el utensilio necesario para desatar los nudos de lo que existía allí, apresado.

Caminaron por las calles adoquinadas del viejo Lyon. *"Hace frío"*, dijo ella. Le pasó el brazo por los hombros. Dos cuadras cortas hasta llegar al hotel. Era tarde. La acompañó hasta su habitación.

Frente a la puerta le dijo *"buenas noches"*. Ella lo besó en la boca. Un beso elegante, sin antinomia, con clase, mezcla de pasión y candor. Él se quedó azorado. Cualquier mujer se hubiera retirado al sentirse rechazada. Pero no Magdalena. Lo miró fijamente a los ojos. Y sólo dijo una corta frase: *"¿De veras?"*. Entonces él entendió que hay cosas que no se piensan, sólo se sienten. Las emociones son aves pasajeras. Los sentimientos no. Las sábanas blancas de algodón de aquel cuarto en el Hotel de l`Abbaye acogieron a aquellos dos que en silencio se reestrenaron como amantes.

https://youtu.be/KYA9lAFBgLk?si=3TFeEMhggYZd1ueI

https://youtu.be/MrR9jOykvLM?si=E6ywrm671XAQz98j

"El amor no se piensa: se siente o no se siente."
Laura Esquivel

X.

Dejar el pasado

Dos meses y tres días han pasado desde aquel sábado de noche en que Felipe leyó la carta que le dejó Aurora en el hotel.

Dos meses y tres días de silencio absoluto entre ellos dos.

Dos meses y tres días le han bastado para reflexionar y tomar una decisión. Tomó su móvil y con mucha paciencia comenzó a escribir una nota.

Aurora,
No puedo decirle que este tiempo de nuestra separación ha sido fácil. Usted derramó en esa carta un chubasco sobre mis hombros. Le reconozco que no sospeché jamás que algo como eso hubiera pasado. Pero usted se equivoca. Vio en mí un hombre de prejuicios. Tal vez se confundió y creyó que yo era la personificación del macho recio latinoamericano, ese que sale en las películas que tanto nos desprestigian. No lo soy, nunca lo he sido, nunca lo seré. Tampoco soy hombre de juicios. No los hago y no los acepto. Usted me ha subestimado. Para peor, ha subestimado la calidad de mi amor. Y sí, usted cayó en un prejuicio. Me enjuició y me sentenció. Que yo la quiero a usted pareció importarle poco cuando armó su veredicto. Decidió a solas lo que yo pensaría de usted, escribió mi dictamen. Usted decidió por mí, se tomó para sí un derecho que era compartido. Y, vea pues, se equivocó.

Yo vengo de un país que ha sufrido inmensamente, que tiene la tierra sembrada de urnas, un país de viudas y de huérfanos. Aprendimos a levantarnos cada mañana muy temprano para revisar los obituarios en los periódicos. País de velorios, de pañuelos empapados, de ropas negras, de flores para los cementerios. Quizás por eso vemos la vida, yo veo la vida desde el pesar, desde la pérdida, no desde la inmunidad. Los colombianos sabemos bien que nadie está a salvo del sufrimiento y el dolor. Pero también veo la vida como lo hace un sobreviviente. Y sé que sobre los escombros hay que caminar, y hallar la fábrica de nuevos ladrillos.

Soy un cocinero. Sé que los ingredientes son importantes, pero más lo son esos sabores que uno puede crear con ellos. Me quiero casar con usted, por la más importante de las razones. Porque la quiero y la amo. No quiero huir de esa puerta que me puso enfrente la vida. Quiero cocinar mi mejor platillo con usted.

Los hijos que podríamos tener no estarán en su vientre, lo sé, ahora lo sé. Ahora comprendo muchas cosas. Pero estarán en el hogar que usted y yo podríamos darles. Hay unos niños que nos esperan. Seremos los papás de esos hijos que buscan cobijo.

Hoy es miércoles. El sábado a las 6 de la tarde estaré en Aranjuez, en el segundo banco en el jardín detrás del palacio, esperándola. Si usted llega, seré el hombre más feliz. Significará que usted me quiere, que quiere que su vida sea conmigo. El amor no es un contrato con cláusulas de rendimientos y penalizaciones. Y la vida no es un debe y un haber. No es un no puedo, es un yo quiero. Quien dice no puedo en realidad dice no quiero.

Yo la amo y pido a Dios que usted me ame y que quiera ser y estar conmigo. Juntos podemos dejar atrás lo que haya que sepultar en el olvido. Juntos podemos arrancarle las páginas perversas al pasado y escribir sobre páginas limpias. Usted decide.

Felipe

Envió la nota. Apagó el móvil y se puso a trabajar. Esa noche el restaurante tenía las reservas a tope. Y él estrenaría su nuevo menú del abrazo de dos mundos.

https://youtu.be/INyz6_Nn0Eg?si=Iq8Qcgm-WU8Y_kgS

https://youtu.be/OkNk6mmQEjY?si=VKfCdrPVnJub6jR3

"No existe nada más interesante que la conversación de dos amantes que permanecen callados."

-Albert Camus

XI.

Silencios

Beltrán era de los pocos benditos que, viviendo en España, habían logrado tener un pasaporte venezolano vigente. Para salir de Venezuela, a pesar de tener él la nacionalidad española, ese era el documento que se le exigiría en la casilla de emigración. El funcionario selló su pasaporte, a regañadientes, porque no le quedó de otra. Lo miró con cara de estás de más. Venezuela nada hacía por retener a sus hijos.

El aeropuerto de Maiquetía ofendía la memoria de Simón Bolívar. Era el reflejo de la debacle del país. La crisis era allí indisimulable. Un aire acondicionado escaso, sin papel higiénico en los sanitarios y con gente con cuerpos magros que deambulaba esperando el vuelo. Privaban los rostros tristes de jóvenes que horas atrás habían derramado muchas lágrimas en despedidas.

Tan pronto el avión puso ruedas en la pista en Adolfo Suárez, por el móvil le envió un mensaje a Almudena. "*Aterrizando.*" Le respondió de inmediato: "*Estoy en pleno ensayo. Te llamo al salir. Beso.*"

Cuando llegó a la terminal, el nuevo procedimiento de entrada había sido mejorado. Los españoles hacían el ingreso con un chequeo electrónico. Todo le resultó fácil. Notó a algunos pasajeros que eran retenidos por guardias. A uno le escuchó: "*Hala, atención con los sudacas que pueden ser mulas*". Que la fama de traficantes no fuera gratuita no lo hacía menos doloroso o siquiera comprensible. A una pareja dominicana se la llevaron tras una puerta. Los perros habían detectado algo.

Tomó el tren. No quería revivir la escena dantesca de aquel aparatoso choque años atrás. Le traía los peores recuerdos.

Cuando llegó al piso lo encontró todo igual. Como si nunca se hubiera ido. Como si aquellas paredes, aquellos muebles y aquel pequeño balcón no le hubieran echado en falta. La despedida en Caracas había sido más dura que la vez anterior. El abrazo con el papá había sido un adiós sin fecha de reencuentro. Estaba agotado. Las horas de vuelo le habían exprimido toda fuerza. Se sirvió una copa de brandy. Intentó reconciliar su contradicción. ¿Cómo se puede estar triste de no estar y a la vez contento de llegar? ¿Cómo congeniar la nostalgia con la felicidad? Le escribió al papá: "*Viejo, llegué. Todo bien. Te quiero mucho. Besos a mamá y a la abuela*". Ahí en el canapé se quedó dormido entre lágrimas. Lo despertó el sonido de la llave en la puerta.

—Amor, llevo horas llamándote— sintió su mano en el rostro.

—Perdón, me quedé dormido.

—Me moría de ganas de verte.
—No te puedes hacer una idea de cuánto te extrañé — la abrazó. Y los minutos en silencio se sintieron como sangre que vuelve a las venas.

—Estás triste.

—No sé cómo explicarlo. Ver a mi familia y sobre todo a mi padre, estar con él, hablar con él, fue recuperar el aliento. Mi papá es la mitad de mí. Es el amor seguro, en el que siempre se puede confiar. Él no me juzga. Tiene la sabiduría de la comprensión. Papá siempre ha estado para mí, para nosotros. No recuerdo jamás un regaño, o un grito. Nunca una imposición. Tenerlo lejos es muy difícil. Ha podido decirme que me quedara. Pues no, fue él quien me explicó por qué volver. *"Tienes que vivir tu vida"*, eso me dijo cuando me besó en la frente.

Sobre el hombro de Almudena, Beltrán lloró en silencio. Ella, en silencio, lo comprendió. Y lo amó más.

Sobraron las palabras. Ella lo tomó de la mano y lo llevó a la cama. Y allí entre aquellas sábanas y con Madrid como testigo, hablaron sus cuerpos, sus bocas, sus manos, sus pieles, con el lenguaje de los silencios.

https://youtu.be/mpNDfMiogmI?si=uF-7ApWWNl0rmxB6

https://youtu.be/-K_dG69BADg?si=hL9zon_NZDEaPmkZ

"Ninguna culpa se olvida mientras la conciencia lo recuerde."

-Stefan Zweig

XII.

Culpa y perdón

A Andrés la sensatez le duró un mes. Se le escabulló por el camino de la culpa. La mañana de otro aniversario de la muerte de Ana Luisa despertó pensando en que la estaba traicionando. Él no tenía derecho alguno a sentirse bien, a atreverse a mirar el futuro con buenos ojos, a volverse a enamorar.

Magdalena estaba en Málaga, en filmación. Así que Andrés amaneció solo. Se levantó y en el espejo del baño se vio. Y no le gustó lo que el reflejo le dijo. Ese día apagó el móvil, no atendió correos, no pronunció ni una sola palabra. Prácticamente lo suyo fueron latigazos a su alma.

La mañana siguiente muy temprano fue a la oficina. Entró sin casi pronunciar la gentileza de un buenos días. Se encerró en su despacho. Trabajó con rigor y seis horas más tarde salió de allí y fue a sentarse en el banco de un parque. Le escribió a Aurora: "*Mañana me voy a México. Quedas a cargo*". Parco. Sin explicaciones. Ella le respondió: "*¿Necesitas algo? ¿Por cuánto tiempo?*". Respuesta: "*No. Tengo todo listo. Regreso en un mes o así*".

Aurora detectó que algo no andaba bien. Pero sea lo que estuviera ocurriendo, era obvio que Andrés quería resolverlo a solas. El undécimo mandamiento es no molestar.

Desde su asiento de primera clase en el vuelo Madrid -Monterrey le escribió a Magdalena: *"Rumbo a México. No sé cuándo volveré. Te hablo cuando regrese"*. Magdalena se quedó de una pieza. Aquello era un crucigrama sin pistas.

Andrés no le avisó a nadie en México que había llegado. Llegó a su departamento y lo encontró inmaculado. Pagaba con rigor el costo de la limpieza tres veces por semana. "*Como si la señora estuviera en casa*", le había dicho a la querida María Cruz. Todo estaba ordenado, con cada cosa en su lugar, sin un miligramo de polvo. En el vestier, las ropas de Ana Luisa. En los cajones, sus pañuelos, su ropa interior, con los sachets de rosa. En entrepaños, sus zapatos, sus bolsos, un pequeño cofre con sus joyas. La foto de ella estaba en la mesa de noche. Lo miraba con sus ojos dulces color café. Le sonreía con la tibia coloratura de su boca.

Necesitó tiempo. A solas. Tiempo para entenderse, para entender. Un día, otro; una semana, otra. En las tardes salía a caminar por lugares conocidos y tantas veces compartidos. Esas veredas donde estaba su historia.

Monterrey tiene bellísimos cementerios, con un arte funerario extarordinario. Mucha gente los elude. Los creen de mal augurio. No es así. Son testimonios de respeto. Con el arte se busca hacer presente lo ausente. Ana Luisa está enterrada en el Pabellón del Carmen. Una escultura pequeña que representa su feminidad adorna su tumba. Esa mañana Andrés compró un ramo de magnolias, las flores preferidas de ella. Tomó un taxi que lo llevó al cementerio. Caminó entre las calles de tumbas hasta llegar a la de Ana Luisa. Puso las flores en la vasija de alabastro. Y allí, en silencio, intentó su ceremonia de despedida. ¿Se puede ser viudo sin haber contraído matrimonio, sin haber pasado por intercambio de sí quiero? Sí. Andrés era prueba de ello. Su viudez tenía las cicatrices que deja la tragedia.

Un hombre se le acercó. Mayor, con el cabello canoso y la cara llena de arrugas que son las marcas de lo que se ha vivido.

—No se quita. Uno aprende a vivir sin ellas— le dijo.

—Pasan los años y duele como el primer día.

—Mire, buen hombre, cada año vengo aquí, a ponerle flores a mi esposa. A mi

Rosalía la he llorado por décadas. Y no he dejado de extrañarla ni un solo día. Hace algunos años, así como de la nada, conocí a una mujer. Me pareció repugnante sentir emoción. Y huí de ella. Pero de la vida no se puede escapar. Ella no se dio por vencida. Me esperó, con la paciencia del que no quiere sustituir un poema sino escribir otro.

Escribir un nuevo poema. El primero de un nuevo libro. De regreso en el departamento buscó cajas. Y empezó a guardar las cosas de Ana Luisa. Lloró mientras lo hacía, pero sintió que ella le invitaba a decir adiós. Cuando cerró la última caja se miró en ese espejo frente al que tantas veces le había abotonado vestidos. Por primera vez en años no vio culpa, vio perdón.

Encendió el móvil y entró en la página de la aerolínea. Vuelo para el día siguiente. Ruta Monterrey-Madrid.

Https://youtu.be/Kgqh4b0jXsw?feature=shared

"Los niños son las anclas de la vida".
-Sófocles

XIII.

El mundo es un pañuelo

Enormes y pequeñas cosas pueden pasar en las vidas de las personas. En Madrid nunca estás más lejos de cinco metros de alguien con quien alguna vez vas a compartir algo. Y sin embargo, se la tiene como ciudad de millones de desconocidos.

Por allá por 1929, un escritor húngaro de nombre Frigyes Karinthy escribió un cuento que tituló "Láncszemek", palabra que al español se traduce como "eslabones". En ese cuento, Karinthy esboza lo que habría de convertirse en la teoría de los "*seis grados de separación*", que dice que cualquier persona está conectada a cualquier otra persona del planeta a través de una cadena de conocidos compuesta por cinco eslabones que conecta a ambas personas con otros seis.

Mientras arreglaba la ropa en su carry on, Beltran pensaba en cómo proponerle a Almudena que vivieran juntos. ¿Lo aceptarían sus padres? ¿Ella lo entendería como una declaración de amor o lo tomaría como un gesto aprovechado que eludía el compromiso? Es viernes. Se irían a la mañana siguiente a Andalucía, por una semana, un par de días en Sevilla y luego visitar a los padres en el pueblo en la provincia rural donde regentaban un parador.

Bajó al mercadito de los chinos a comprar cosas que le harían falta: dentífrico, jabón de baño, desodorante, una nueva afeitadora. Tal vez podría pasar por la barbería a recortarse el pelo.

Los perros no son más inteligentes que los humanos, pero por seguro tanto más perspicaces. Luego de la barbería se detuvo en el bar a tomar un café. A su lado se sentó un perro, lo miró fijamente y le colocó la pata en la pierna. Lo acarició. El perro insistió, como si con su gemido quisiera pedirle que lo siguiera a alguna parte. ¿Por qué lo hizo? Nunca lo sabrá.

Media cuadra más allá, el perro entró en un estrecho callejón. Allí Beltrán vio una caja de cartón tras botes de basura. Se movía. Pensó que podrían ser unos cachorrillos que algún desalmado había abandonado. Cuando abrió la caja lo vio. Un bebé, prácticamente recién nacido, envuelto en una manta sucia. Estaba helado y apenas emitía sonido alguno. No supo qué hacer. Fue por instinto que lo tomó en brazos y lo abrigó con su chaqueta. Caminó las dos cuadras que lo separaban de la librería de don Paqui. Él sabría qué hacer. Cuando cruzó la puerta y sonó la campanilla, el viejo habló desde su escritorio:

—Pase, ya lo atiendo.

—Don Paqui, soy yo, necesito ayuda.

En los países que han pasado guerras las personas saben de tragedias, de abandonos, de vidas perdidas y vidas que pueden ser salvadas. Muchas veces a sus padres y a sus tíos les había escuchado narraciones de los que en voz baja llamaron "los bebés de la guerra". Niños nacidos de madres que murieron de parto, o recién nacidos dejados a las puertas de una iglesia, o que les fueron arrancados de los brazos a sus madres y arrojados a zanjas y bosques y que almas buenas habían rescatado y hecho pasar por hijos propios. En las guerras, la más feroz crueldad compite con la más sublime bondad.

María Jesús era enfermera. Había nacido en Burgos y allí había sido vecina de cuadra y compañera de cole e instituto de Aurora. Se conocían de toda la vida y siempre habían sido confidentes. "Chuchú", como la apodaban, había recalado en Madrid tres años atrás como enfermera especialista en urgencias pediátricas en el Hospital Infantil Niño Jesús.

Aquella tarde tenía guardia y estaba en un café en Chamberí tomando un vermú con Aurora.

—¿Y? ¿Estás enamorada?

—Hasta las trancas.

—¿Y le contaste a Felipe lo que pasó?

—Sí, se lo escribí y luego huí.

—¿Y?

—Desapareció por casi un mes. Y ayer me escribió. Quiere que nos encontremos en Aranjuez el domingo.

—¿Y vas a ir?

—Si no voy esto se acaba y creo que me arrepentiré toda la vida.

Una buena amiga no te da la razón cuando no la tienes. Te canta las verdades.

—No le des tantas vueltas. Si crees que él es el hombre para ti, y lo quieres, y él te quiere, todo lo demás es posible. Le estás poniendo palos a la rueda. Tan inteligente que eres para unas cosas y tan bruta para otras. Lo que pasó, pasó. Y claro que tiene consecuencias, pero no es tu culpa que aquello pasara. Mal estuvo que en todo este tiempo se lo ocultaras. Y lo sabes. Lo has herido. Pero si él te está abriendo una puerta, bueno, joder, bien injusta serías. ¿Recuerdas aquella canción de Serrat que cantábamos de chavalas? *“No escojas sólo una parte, tómame como me doy...”*

Entonces sonó el móvil de Chuchú. En la pantalla, un nombre: “Padrino”, a saber, don Paqui.

—Niña, necesito que vengas ya. Ahora mismo.

Ramón, el padre de Chuchú y don Paqui eran de la misma especie: republicanos con parientes muertos en la guerra, como miles con el olor de la pólvora en la historia.

A la librería llegaron tan pronto como el infernal tráfico madrileño les permitió. Chuchú auscultó al crío. Beltrán corrió a la tienda de la esquina para hacerse de lo necesario para un bebé que carecía de todo. Regresó con una bolsa repleta de lo indispensable y con varias cosas que estaban de más. La escena que encontró le pareció lo más entrañable que había visto en su vida. Aurora, sentada en la silla del escritorio de don Paqui, con la criatura en brazos envuelta en su abrigo de entretiempo, cantando una nana. Parecían madre e hijo. Los milagros existen.

"El dolor en realidad es sólo amor. Es todo el amor que quieres dar, pero no puedes. Todo ese amor no gastado se acumula en las esquinas de los párpados, se hace nudo en la garganta y en esa parte hueca del pecho. El duelo es sólo amor sin lugar adonde ir."

-Jamie Anderson

XIV.

Lo siento

Andrés regresó a Madrid muerto de ganas de ver a Magdalena. Pero el mismo día que él volaba desde Monterrey, ella viajaba a Marruecos. Varias escenas de la serie en la que hacía un papel importante se grababan en Tetuán. Una tormentosa historia de la guerra del Rif, un conflicto de largos años que respondiendo a agendas de partes interesadas fue sepultado entre arenas de olvido y vientos secos.

No se había sentido bien por esos días. Bien sabía que su cuerpo respondía mal al disgusto de la ida intempestiva de Andrés, sin mayor explicación que una nota casi monosilábica como despedida. En un receso tomó un té y vio su móvil. Una nota de Andrés: "*Ya en Madrid. Necesito verte*".

No le respondió. Para enojarse siempre hay tiempo de sobra. La escena que filmaban era complicada, y el director no andaba de paciencias. Los hizo repetirla ocho veces. Ya caído el sol en el horizonte, el hombre dio por terminada la jornada. Magdalena llegó al hotel, preparó la tina y se sumergió en el agua tibia. No tenía ganas de pensar y menos de enfrentarse a los titubeos de Andrés. Se vistió y bajó al bar a tomar y comer algo. Quiso salir a caminar pero Ahmed el portero la disuadió. En un español bueno con dejo árabe, le dijo: "*mi señora, cuando no hay luna, esta ciudad no es amable con los forasteros…"*

Optó por ir a la piscina y recostarse en una tumbona. Ciertamente, con luna nueva, la oscuridad no era de buenos augurios. Tomó su móvil y le escribió a Andrés: "*Estoy en Marruecos, en filmación. Ya hablaremos cuando regrese a Madrid*". Sí, palabras como hojas secas.

Andrés se atrevió: *"¿Quieres que me acerque? Puedo volar mañana mismo…"*

"No, estoy muy ocupada. No tengo tiempo para distracciones…"

¿Distracciones? En aquella frase fue esa la palabra que le cayó como granizo. En el piso en Salamanca, se sirvió un tequila. Luego de hacerlo, miró el vaso y lo vació en el desagüe. Si algo había aprendido en estos años es que una borrachera apaga las luces, nubla la razón y no deja ver bien el camino. Pensó en responderle. Mejor no.

Muchas veces el ofrecer explicaciones sólo empantana el argumento y le abre la puerta a los reproches. Mejor guardar silencio. Así como hay cosas que es mejor no decir, hay palabras que hacemos bien en no escuchar.

Pasó una semana, y otra, y otra. Cada día le escribía a Magdalena. Recibía respuestas lejanas. Ni siquiera intentaba una llamada. Si la sequedad estaba en sus letras, no podía imaginar cuán árida sonaría su voz.

Una tarde, cuando menos lo esperaba, recibió una nota: "*Estoy en Madrid. ¿Podemos vernos para tomar un breve café?*"

La palabra breve le cayó como una pedrada. En todo este tiempo de conocer a Magdalena, jamás la había sentido tan distante. "*Por supuesto, dime dónde.*"

Cuando el tiempo está amable, las terrazas de los cafés de Madrid se atiborran de personas de todos los estilos. Los cafés de Madrid no son como los de París. No son los madrileños dados al individualismo cómo sí lo son los parisinos. En Madrid el asunto es juntarse. Hacer ruido para saber que existen.

Cuando Magdalena llegó, ya Andrés llevaba allí su buen rato. La vio caminar y tan sólo con la expresión de su rostro supo que aquello no sería fácil. Esta vez de veras la había chingado.

Se puso de pie y le arrimó una silla. Ella lo besó en la mejilla. Fue el beso más gélido que Magdalena le había dado en su vida. Al mozo, dos cafés. Es difícil hablar babosadas cuando la tensión está de quiebre. Todo suena a relleno. Ella estaba indignada y, por cierto, no hacía el menor intento por disimularlo. Allí estaba la mujer, no la actriz.

—Sólo vine a devolverte la llave de tu piso y a pedirte que mandes mis cosas a mi casa.

—¿Podemos platicar? ¿Me dejas explicarte?

—¿Qué hay para explicar? Te fuiste a México. Un mes. Me escribiste una nota con la mínima cantidad de palabras. Y luego regresas con cara de santas pascuas. Pues no, hombre, que no. Si querías jugar a pasajero en mi vida, pues haberlo dicho. Si era pasar el rato, juguetear entre sábanas, bien mayores que estamos como para mentiras y fingimientos.

—Magdalena…

—Magdalena, nada. Por los clavos de Cristo… Más de un mes, Andrés. La primera semana me preocupé. La segunda semana me pregunté y este de qué va. La tercera semana entendí.

—¿Entendiste qué?

—Pues, simple, que yo te quería y tú no. Que tú lo único que buscabas era pasarla pipa. Cualquier cosa que medio sonara en serio, el hombre, zas, sale de escena.

—No es así.

—Vamos, tío, que no soy tonta, que no soy una cría, que no nací ayer. Sí lo es. Y ya, yo no quiero turistas en mi vida ni quiero ser tú parque de diversiones. Con lo guapo que eres y con cuenta llena de posibles, mil mujeres se van a arrastrar a tus pies. Yo no. Mándame mis cosas— se puso de pie y se fue, sin decir más.

Andrés la vio desaparecer en la calle. "*Soy el más menso de los mensos.*" Le vino a la mente una vieja película, Love Story. Y una frase en ella: "*Amor es no tener que decir lo siento*". Vaya taradez. Magdalena tenía razón. Y le había sacado el mole. Tenía que encontrar la forma de decir lo siento porque no quería decir adiós.

https://youtu.be/_lNn0PdXfnA?si=CMC_RgqiqvIV9Ipz

"Amar no es mirarse el uno al otro; es mirar juntos en la misma dirección".
-Antoine de Saint-Exupéry

XV.

Epistolar

Vaya si ha llovido desde que Andrés se vio con Magdalena. Si alguna vez creyó que le sería fácil lograr la reconciliación, pues estaba equivocado de medio a medio. Ahora entendía cuán en contra había jugado su silencio. La distancia no ayudaba. Magdalena se había ido a Uruguay, a hacer una temporada de teatro. Pensó en presentarse en Montevideo, pero se le "enflacó" el coraje, como dicen en su tierra. Quién hubiera pensado que un regiomontano, con esa tradición de hombres rudos, caería en ese estado de temor al rechazo.

La tecnología ha hecho que el mundo viva un paradójico retroceso. Antes de la popularización del teléfono, las gentes recortaban las distancias con cartas que un emisario entregaba. De a poco se fue perdiendo la costumbre epistolar. El modernismo de lo digital revivió eso de escribir. Sólo que la inmediatez le ha robado el encanto a la espera. Ese maravilloso asunto de esperar la llegada del cartero, o de apresurarse para llegar a casa para abrir el buzón.

No es lo mismo hablar que poner en negro sobre blanco un pensamiento. Al escribir pensamos y repensamos. ¿Menos espontáneos? Tal vez, pero no menos profundos. Escribiendo abrimos compuertas, vemos con nuestros propios ojos lo que decimos. Y esa cosas de las que quizá nos avergonzarían si nos escucháramos decirlas, la palabra escrita las desviste de debilidad.

Si Andrés le hubiera hecho caso a su padre sabría escribir mejor. Pero pudo más la impronta científica de la madre que la vena poética del padre. Pero tenía que intentarlo.

Decidió no escribirle una carta. Mejor compartirle lo que cada día sentía. Lo llamó "la bitácora de mi vida sin ti". Una nota, breve, cada día. Tres meses de asientos en ese reporte.

"Estoy en Lieja. Hermosa ciudad. Tengo mucho trabajo. Pero te cuelas en cada minuto."

"Es sábado de noche. Es tarde. Hora de ir a dormir. Mi almohada de junto te espera."

"Hoy vi una película vieja francesa. Me quedé dormido pensando en que esos amantes protagonistas se parecen a nosotros, con la densidad del amor inesperado."

"Allá en Montevideo es otoño. Aquí en la vieja Europa, primavera. Es menos colorida porque no estás aquí."

"¡Socorro! Mi cepillo de dientes no se halla sin rozarse con el tuyo."

Un día, cuando menos lo esperaba, en medio de una importantísima junta de trabajo con una gente importantísima, llegó un mensaje importantísimo: "Estoy de vuelta en Madrid. ¿Nos vemos? ¿En casa, para cenar? Trae el vino. Beso. M."

https://youtu.be/yr4gvRD60XA?si=wdc72_sfSlYMtzff

"Te quiero como para escuchar tu risa toda la noche y dormir en tu pecho, sin sombras ni fantasmas, te quiero como para no soltarte jamás".

-Mario Benedetti

XVI.

Cosas para decir

Tocó el timbre. Cuando ella abrió no hubo el clásico hola. No dijo ni una sola palabra. Cualquier cosa habría estado de más, muy de más. Simplemente la besó, con la sinceridad del desespero feliz que no se puede contener. ¿Cuánto duró aquel beso? A veces el tiempo se detiene, porque no quiere pasar. Porque dejó de ser importante. Es como si fuera posible congelar ese fotograma y que toda la película pudiera resumirse en ese instante único en que dos partes de un todo se vuelven a encontrar.

Varios minutos de un abrazo silencioso siguieron a aquel beso. Y mirarse a los ojos. Sí, un silencio concurrido que dijo mucho. Pero entre aquellos dos había palabras pendientes, cosas para decir.

—Necesitamos platicar— dijo él.

—Sí, no podemos seguir callando. A veces no se puede dar las cosas por sentado.

Descorcharon el vino y se sentaron como dos adultos a charlar en serio.

—En todo este tiempo de no vernos han pasado muchas cosas. Y quiero que las conozcas.

—Yo también tengo palabras que si no las digo me voy a asfixiar.

—Tengo muchos defectos. Pero los peores de todos afloraron cuando murió Ana Luisa. Nunca te he hablado de eso, pero fue el peor día de mi vida. La culpa no me abandonó desde entonces.

—Pero fue un accidente.

—Sí, lo sé. Pero no la culpa por el accidente. La culpa fue por estar vivo yo.

—Sólo los suicidas escogen cuándo morir. Juanjo murió y yo no supe qué hacer con mi vida. Porque es precisamente eso que dicen siempre, que la muerte no pide permiso, pero lo grave es que la vida tampoco.

—Hace ya cuatro años que tú y yo tuvimos que enfrentar perder a la persona que más amábamos. Y yo lo hice mal, muy mal. Tú, en cambio, lograste sobreponerte.

—Te equivocas. Por mucho tiempo hice todo mal. Hice todo en exceso. Me enfadé en exceso, trabajé en exceso, lloré en exceso. Estaba rellenando. Después caí en otro error, coleccionar recuerdos. Eso suena bonito para todos, pero es destructivo, porque sigues en el mismo cuarto, caminando dentro de él, con la puerta y las ventanas cerradas. Y con las puertas y ventanas cerradas no sales y nadie entra.
—Me fui a México. Fui a la tumba de Ana Luisa. Entré al cementerio con culpa, y salí con perdón.

—¿Sabes por qué lo nuestro se paralizó? Porque en la cama, en la casa, en la vida siempre estábamos cuatro. Y así nunca podría funcionar. Yo lo entendí. ¿Lo entendiste tú? Yo no quiero sustituir a Ana Luisa. Y no quiero que tú ocupes el lugar de Juanjo. No quiero ser contigo como fui con él.

—Ni yo quiero ser contigo ese hombre que fui con Ana Luisa.

—Entonces tenemos que reinventarnos, reinventar nuestras vidas. Si no, siempre vamos a sentir que no somos sino lo que fuimos.

—Te propongo que lo hagamos. Busquemos una nueva casa, vayamos a lugares a los que no fuimos con ellos, pongamos nuestras cosas en armarios con olores distintos, usemos sábanas sin recuerdos. Quiero que hagamos nuevas huellas en las almohadas.

—¿Estás seguro?

—Estoy seguro que te quiero. Que quiero extrañarte cuando no estés. Que quiero escribir contigo un nuevo libro.

—No será fácil. Yo no soy fácil.
—No quiero nada fácil.

Al día siguiente salieron a ver casas y a comprar sábanas nuevas.

https://youtu.be/Hi5nc39FlwM?si=9Afsm
jC-EDPp4sjL

"A veces, la última llave del montón es la que abre la puerta."

-Anónimo

XVII.

Crucigrama

No le sorprendió que le asignaran un nuevo caso. Bien sabía Mariví que desde lo del atentado en Barcelona se había convertido en una piedra en el zapato para los muchos en altos cargos que habían mandado todo al fondo de un congelador de crímenes. La querían lejos. Con su impertinencia estorbaba.

Hizo su bolso de viaje, lo indispensable. Aquello no era un viaje de placer. Repostó gasolina, en la tienda de la estación compró un bocadillo y rellenó el termo con café y tomó la autopista. 6 horas y poco más; 620 kilómetros. Llegó a Madrid de noche, casi cuando el calendario cambiaba de fecha. En el GPS anotó la dirección del hotel. La voz le fue indicando cada cruce. Llegó sin extraviarse. La ciudad estaba despierta, poblada de esos noctámbulos para quienes da lo mismo qué día de la semana es.

Subió a la habitación. Todo suficiente. Justo lo necesario. Sin lujos. Su madre la reñiría. "*No entiendo por qué te empeñas en hoteles de baja categoría.*"

Tomó el móvil y escribió: "*Ariana, ya estoy en Madrid. ¿Tú dónde estás?*"

Segunda nota, a Jordi. "*Ya en Madrid*".

Respuesta de Ari: "*En Madrid. Desayunemos mañana. 8:30. Te busco en el lobby. Me voy a Lisboa en la tarde.*"

Respuesta de Jordi: "*En ruta a Madrid. Desde Córdoba. En autocar. Llamo al llegar.*"

Respuesta a Jordi: "*Necesito dormir. Va el location del hotel. Ya avisé en recepción que vas a llegar.*"

Se dio una larga ducha. Se puso el pijama y se acostó en la cama. Encendió la tele. Repetición del noticiero. Se quedó dormida.

Despertó con el sonido de la puerta que se abría.

—Hola, amor. ¿Qué tal el viaje?— le dijo.

—Bé. Torna a dormir-te. Demà parlem— le respondió besándola.

La mañana siguiente los tres desayunaron juntos en un bar sin lustre, uno de esos de cuadra que no están en el listado de “lo mejor de Madrid”. Tostadas, mantequilla, mermelada y varias tazas de café. Venía bien darle un alto al pa amb tomàquet.

—Ari, ¿cómo va Pelayo?

—Ahí va. Con altos y bajos. Siempre indignado que a estas alturas siga sin saberse quiénes fueron los terroristas que hicieron ese desastre. Y supongo que ustedes tampoco han logrado averiguar más. Pero Pelayo es muy inteligente y va a superarlo. Está en terapia con un buen psiquiatra. Físicamente sigue con dolores en la pierna y lo de la piel en la espalda toma tiempo. Estamos bien en Lisboa. Intentando borrar malos recuerdos.

—Nunca nos vamos a rendir— dijo Jordi.

—Así nos tome media vida, Ariana.

—Bueno, no hay que pasar la página, pero hay que seguir adelante.

De los crímenes más atroces que existen es la desaparición forzada de personas. Las familias de los desaparecidos no pueden entenderlo ni existe posibilidad de hacer cierre. Es terrible enfrentarse a un documento titulado "Declaración de ausencia". Mientras no aparezca, vivo o muerto, lo buscan con desesperación.

Los papás de Diana cayeron en el peor estado de angustia cuando a ella simplemente se la tragó la tierra. Un viernes le envió un mensaje de voz a su mamá y a partir de ahí nunca más se supo de ella. Movieron cielo y tierra, imploraron a las autoridades venezolanas y españolas, hicieron cadenas de mensajes en todas las redes. La policía poco hacía, bajo el argumento de que Diana "*es mayor de edad y legalmente está en potestad de tomar sus propias decisiones*". Con eso se lavaban las manos y ponían la denuncia en la infecta bandeja de “en proceso”.

A Mariví la pasaron al caso no porque realmente les importara, sino porque la oportunidad la pintaron calva para deshacerse de ella.

El caso lo llevaba Madrid, pero una cámara en una estación de autobús en Málaga había detectado a una muchacha con rasgos parecidos a Diana. Esas tomas eran la única pista sólida que tenían.

El desayuno con Ariana nada tenía que ver con la venezolana extraviada. Se lo comentaron como conversación, no porque pensaron que ella podía tener alguna relación con Diana, como de hecho no la tenía. Más bien fue conversación de café.

—Ella es odontólogo. Estudió en la misma universidad que tú— le dijo Mariví.

—Imagínate, la UCV es enorme y los edificios de las facultades están bastante lejos unos de otros. Pero, déjame ver lo que tienes, no vaya a ser que alguna vez me haya cruzado con ella.

Las tomas eran suficientemente claras y en algún momento se veía a la muchacha, acompañada por dos hombres. Primero en la sala de espera y luego abordando un autobús express con destino a Barcelona. También había tomas de los tres descendiendo del autobús en la estación Barcelona Sants. Una cámara externa los mostraba tomando un taxi. A Ariana se le heló la sangre. Y no porque la muchacha fuera venezolana.

—Mierda, a ella no la conozco, pero a él sí. Sé muy bien quién es. Es argentino, se llama Antonio. Y también tiene la nacionalidad española. Hace tiempo que no lo veo. Aquí en mi móvil debo de tener fotos de él— se apresuró a revisar su archivo de fotos. —Mira, este es él.

No había duda. El hombre en la foto y en las tomas era el mismo: Antonio.

—No entiendo nada. ¿Por qué lo conoces? ¿De dónde?

—Lo conocí en Buenos Aires. Yo viví allí antes de venir a España. Es una historia larga. Que no importa. Importa que lo conozco. Es Antonio, Antonio Cifuentes. Hace tiempo que no lo veo. Me arreché con él y no lo vi más.

—¿Y por qué te enfadaste con él?— preguntó Mariví.

—Porque es un pendejo sin iniciativa. Me harté de intentar ayudarlo y él no hacía sino tirar por la borda todas las oportunidades y andar de juerga en juerga, borracho y metiéndole a la coca.

Y un día me cansé y lo mandé al carajo. No es un mal tipo, pero es un idiota. Pero Andrés, el jefe de Pelayo, ¿te acuerdas de él?, lo conoce. Y también Beltrán y Felipe, que son íntimos amigos de Pelayo. Llegaron a Madrid el mismo día. Se conocieron porque terminaron en un hospital de urgencias cuando aquel accidente que hubo hace como tres años en la autopista de Barajas a Madrid… Andrés no soportaba a Antonio. Felipe también se aburrió de él. Beltrán le tenía lástima. Antonio no es mala persona. Pero es un desastre. Eh, alguno de ellos tiene que saber qué fue de su vida… Ahora que lo pienso, me parece recordar algo así como que el amigo librero de Beltrán se empeñó en rescatarlo… ¿Qué hora es? Uf, lo siento, me tengo que ir, no puedo perder el tren. Pero te mando a tu móvil sus contactos.

El crucigrama apenas empezaba a llenarse.

"En España se denuncian 2 desapariciones cada hora, cada día desaparecen 60 personas. Unas 20.000 al año. Y aunque se resuelven casi todos los casos, hay un 10% que aunque pasen los años siguen activos."

-Centro Nacional de Desaparecidos de España

https://youtu.be/qcAmnkwVkAY?si=DLvTXfgnvmye-k-O

"Y después de hacer todo lo que hacen, se levantan, se bañan, se entalcan, se perfuman, se visten y, así progresivamente, van volviendo a ser lo que no son."

—Amor 77, Julio Cortázar

XVIII.

Parálisis

Hace días que Diana va del timbo al tambo. Sus guardianes no la dejan ni a sol ni a sombra.

En aquel piso en Marbella la tuvieron encerrada por casi dos semanas. Le llevaban comida. Y no le dirigían la palabra. Por mucho que ella preguntaba, no recibía respuesta. "*¿Dónde diablos estoy? ¿Quiénes son ustedes? ¿Por qué me tienen aquí?*"

Una noche la puerta del piso se abrió, la sometieron a la fuerza. Gritó con todas sus fuerzas. Peleó como gata patas arriba. Todo intento fue inútil. Sintió un pinchazo en el cuello. Y a los segundos todo le daba vueltas y a seguir no supo más. Cuando volvió en sí estaba en un cuarto, acostada en una cama, atada de pies y manos. En la boca sentía el dolor de una mordaza. Nunca en toda su vida había sentido un miedo tan atroz.

Trató de zafarse, pero los tiraps no cedían. Intentó quitarse la mordaza. Tampoco. Era de cuero, con una bola que entraba por su boca. Le dolía la mandíbula.

De vez en cuando entraba un hombre. Le ponía un letrero enfrente: "Te voy a soltar, para llevarte al baño y luego darte de comer. No me obligués a golpearte." Ella, aterrada, obedecía.

La segunda vez que se repitió la escena se atervió a hablarle:

—Por favor, te suplico que no me amarres. Te juro que voy a portarme bien.

Debió ser que aquel hombre enmascarado albergaba algo de compasión en su corazón. Le quitó la mordaza y el tirap de los pies. Y se fue dejando la puerta cerrada con lo que sintió eran varias trancas. Al menos podía caminar. Hasta se atrevió a darse un baño. Y luego comió. Sabía que no comer resta fuerzas. Y las necesitaba. ¿Para qué? No sabía. O sí. Para escapar.

Al tercer día la puerta se abrió. El segundo hombre, ya sin la cara tapada le habló:

—Bañate y vestite, que nos vamos.

El inconfundible acento argentino. Se hizo la que no se había dado cuenta.

—¿A dónde?— balbuceó.

—No preguntés. Por tu bien, no preguntés. Ahí tenés la ropa. Dale, ponete linda… nos vamos en diez.

No le hablaba con ferocidad. Se parecía a aquel noviecito de sus primeros años de universidad. Mateo. Un hijo de argentinos y nieto de "tanos" que había nacido en Venezuela. Tenía las tres nacionalidades y se había ido a Italia tan pronto había terminado la carrera. Mateo era trilingüe: hablaba venezolano, argentino y tano de Génova. Y besaba en porteño.

Aquel que le hablaba se lo recordaba. Hasta en lo físico. Algo bueno tenía que haber en aquella alma.

La montaron en un coche y la hicieron recostarse en el piso. No podía ver la carretera. Fue una larga hora o así. Cuando el coche se detuvo, el argentino le dijo:

—Mirá, esto es lo que va a pasar. Vamos a entrar a la estación y vas a caminar con nosotros dos. Sin abrir la boca. Vamos a sentarnos en la sala de espera y luego vamos a caminar hasta el autocar. Si hablás o gritás o intentás escapar, él te va a clavar un puñal. Lo he visto hacerlo. Tomá esta mochila. La tenés que cargar todo el tiempo, sin soltarla.

No existe droga más paralizante que el miedo. Diana cumplió al pie de la letra con las instrucciones. Ya en el autocar sintió un pinchazo en el cuello. Cuando volvió en sí, entraban en Madrid.

https://youtu.be/jqK_Owus9CE?si=EOVARsieKzcVAYeN

"... Cuando se tiene un hijo,

se tienen tantos niños

que la calle se llena..."

-Andrés Eloy Blanco

XIX.

Fundación

Tomó su móvil y le escribió: "*Felipe, querido, ¿estás en Madrid? Necesito que vengas a mi casa*".

Él iba rumbo a la estación de Atocha. Era sábado de mañana y la cita era el domingo. Pero él no quería correr riesgos. Todo tendría que ser perfecto. Las flores, una botella de cava a la temperatura exacta, la cena con los platillos de sabores inolvidables.

Más temprano había pasado por la joyería. Unas alianzas sencillas, que dijeran mucho con poco. Cuando vio que había un mensaje de Aurora, en un primer momento, temió abrirlo. ¿Y si le estaba escribiendo para decirle que no iría? Se armó de valor y leyó la temida nota.

Le escribió de vuelta: "*Amor, estoy en Madrid, camino a Atocha. ¿Pasa algo?*". La respuesta de ella fue breve: "*Necesito verte. Por favor, ven*".

En el taxi su mente divagó por lo mejor y lo peor. Al llegar al edificio, se bajó del taxi y se persignó. "Que sea lo que Dios quiera."

Una señora salía por el portón llevando un perro. Le detuvo la puerta. No quiso tomar el elevador. Subió las escaleras. Tocó el timbre. Le sorprendió que fuera Almudena quien abriera.

—Hola, ¿cómo me le va?— la saludó a la usanza española, con dos besos— ¿Todo bien? ¿Y Aurora

—Sí, todo está bien. Pasa. Aurora está en la habitación. Te está esperando. Yo tengo que marcharme. Quedé en encontrarme con Beltrán y ya se me hace tarde.

Los diez pasos hasta la habitación se le hicieron una larga travesía. Tocó la puerta. Y pasó.

Hay escenas que una vez que se ven se quedan fotografiadas en la mente de por vida. Se vuelven retratos inolvidables. Aurora era bella, pero nunca la había visto tan hermosa como en ese momento. Parecía una Madonna de cualquier pintura del renacimiento.

—Ven, no te quedes ahí— le dijo ella con un brillo sin igual en la mirada.

Le explicó en detalle todo lo que había pasado. Él escuchó en silencio.

—Así pues, que este es mi hijo— le dijo ella.

—No, le corrijo, Aurora, no es su hijo, es nuestro hijo. Y le hago dos preguntas importantes. Una, ¿cómo se llama el pelado? Y la segunda, ¿será que usted se quiere casar conmigo?

Dos semanas después, en el ayuntamiento de Burgos y con los padres de Aurora como testigos, firmaron los papeles de matrimonio. Y luego fueron a la Iglesia de Santa Águeda, la nueva. En la vieja, conocida como de Santa Gadea, ocurrió esa jura, que tuvo como protagonista a don Rodrigo Díaz de Vivar. Allí, según se narra en las calles de la vetusta ciudad, a los pies del altar, el legendario Cid Campeador forzó al rey Alfonso VI el Bravo a jurar que durante el cerco de Zamora no había ordenado el asesinato de su hermano Sancho II el Fuerte, rey de Castilla. Allí, el mismo cura que los casó bautizó a Felipe Andrés. Beltrán y Almudena sostuvieron al crío en brazos mientras sobre su frente se derramaba agua bendita.

Felipe y Aurora habían fundado una familia. Y el hijo era, por derecho inalienable, español y colombiano. Un adoquín más del puente entre dos mundos.

"Los cuentos de hadas superan la realidad no porque nos digan que los dragones existen, sino porque nos dicen que pueden ser vencidos".

-G. K. Chesterton

XX.

Estocolmo

Llevaba semanas en esta rutina perversa. Cuando estaban en una casa o en un piso, siempre la mantenían encerrada en un cuarto. Cada tres o cuatro días, se montaban en un tren o en un autobús y cuando llegaban a destino se cruzaban con alguien con quien ella intercambiaba su mochila. Siempre mochilas idénticas, del mismo color, tamaño y marca. Y era ella la que siempre debía cargarla en su espalda. Muchas veces pensó en escapar, pero el otro hombre, muy fornido, siempre la sujetaba. Y nomás se montaban en el autocar o el tren, venía el pinchazo.

—Yo no creo que tú seas como esta gente. Creo que estas tan cautivo como yo. ¿Por qué? No lo sé. Pero eres un prisionero.

—Es mejor que te callés.

—Ya entendí en lo que me han convertido. Soy una mula.

—Falta poco. Unos cuantos viajes más y te liberarán. Y, creeme, te darán mucha guita. Quedarás forrada. Al final, eso es lo que importa, la guita— le dijo. En su rostro y en su voz se dejaba colar una resignación, como si supiera que la vida de algunos sólo tiene una puerta.

—¿Por qué haces esto?
—No lo entenderías.

En el techo de la habitación Diana ve el quehacer de una arañita que se afana en construir una red perfecta.

Lo hace con maestría. La arañita no lo sabe, pero teje su propia prisión.

El día anterior le pidió a X que le trajera algo que no viniera en bolsitas.

—Mira, X, yo soy odontólogo y esa comida destruye los dientes. O me traes algo decente o me declaro en huelga de hambre.

X es el nombre que le ha dado. Quiere despersonalizarlo. Llegó con una bolsa con comida de verdad.

—Siéntate, ahí, comamos juntos, como seres humanos. Con las patas bajo la mesa y con servilletas... Y conversando, como gente normal.

—¿Normal, decís? Ja, ya no sé qué es normal. Pará con las boludeces...

—En la mesa cuando se está comiendo no se admiten palabrotas. Eso dice mi papá siempre y es norma que se cumple a rajatabla.

Así, de a poco, lo fue domesticando.

"Esta noche quiero ver una película en Netflix. Y la quiero ver contigo, para poder comentar..."

"Necesito un cepillo de dientes nuevo y una pasta de buena calidad..."

"Tráeme una cobija de lana. Esta sintética es insoportable..."

"Te verías mucho más buenmozo si te arreglaras esa barba y si no te peinaras como un malandro..."

"Tráeme un shampoo bueno y un acondicionador sin químicos. No me voy a quedar calva por culpa tuya..."

"¿Sabes jugar backgammon? Busca uno que te voy a ganar..."

Y así, entre viaje y viaje, semanas. Y así entre comidas y películas de Netflix y entre juegos de backgammon, algo se fue tejiendo. Y así, como dos idiotas, se fueron enamorando.

Aquel día tocaba viaje. Todo iba "normal" hasta que dejó de serlo.

"Cuando muere un hijo, sus padres lloran; cuando desaparece, sus padres no pueden ni llorar."

-Juan Pedro Restrepo

XXI.

Pálpito

Se habían concentrado en ver todas las tomas de las cámaras de las estaciones de tren y autobús. Aquello hubiera sido una tarea imposible sin el uso de la tecnología, en especial la de "face recognition". Teniendo fotos de Diana y del sospechoso Cifuentes, pudieron comparar y seguir sus movimientos. Mariví tenía buenos contactos en las principales organizaciones criminológicas del mundo civilizado. ¿Por las vías oficiales? No, por los caminos ocultos.

Fueron armando un dossier que mostraba las pistas en orden de fechas y lugares. Y había una lógica. Y si hay lógica hay margen de predicción. Así fueron estrechando el círculo. Y estableciendo territorios. Y fueron comparando todo eso con los datos de actividad de tráfico de drogas por región, por provincia, por municipio. Así fueron acercándose cada día más. Porque no hay crimen perfecto. La policía tenía mucha información sobre la Red Catalina, llamada así porque se sospechaba de rusos. Se había logrado identificar a algunos de sus capos menores, pero no a los verdaderos cabecillas. Mucho se hablaba de una mujer, pero no habían logrado precisarla. Traficaban con pastillas de éxtasis y con cocaína cristalizada de máxima pureza. Un negocio multimillonario. Usaban mulas a las que luego desechaban y sus cuerpos aparecían en zanjones o flotando en el mar. Tenían preferencia por inmigrantes. Y tenían en su nómina a sicarios sin escrúpulos.

Mariví bien sabía que estaba violando normas. Casi todo lo que hacía era "fuera del sistema". Pero llegó el momento en que las consecuencias que eso tendría sobre su carrera le importaban menos que poco. Por sus semanales conversaciones con los padres de Diana entendía que la desesperación por encontrar a su hija no se llevaba bien con reglas e instrucciones. Hasta habían ofrecido recompensa a cualquiera que pudiera decir algo. Claro, cientos dijeron que la habían visto "*en un chiringuito en la playa*", o "*me pareció que era ella caminando con las prostitutas en la avenida...*". Puras pistas que conducían al vacío. Hasta apareció una vidente que aseguraba que su espíritu le hablaba desde el más allá y que su alma deambulaba sin conseguir la paz. Y pretendía cobrar por hacer una sesión de contacto. Hay seres humanos despreciables.

Un detective tiene que tomar decisiones “educadas”. Pero, por mucha “inteligencia” y “tecnología” de la que se disponga, la decisión sobre qué hacer decanta en eso que llaman los indicios y en su olfato de sabueso. Eso que sale en las series y el cine tiene mucho de realidad.

Mariví tiene que tomar una decisión. Dos opciones: Córdoba y Málaga, con varias aristas. Ambas con igual índice de probabilidad. Tampoco es cuestión de jugar al tin marín. Pero sí es un asunto de pálpito.

—Fa dies que no es mouen— le dijo Jordi empecinado en hablar catalán, sobre todo cuando alguien pudiera escucharlos. En la intimidad entre las sábanas le hablaba en español.

—Sí, eso hace pensar que lo harán pronto. Mañana, pasado…

—Màlaga o Còrdova?

—Málaga.

—Estàs segura?

—No, pero va a ser Malaga.

—Collons, són sis autobusos i quatre trens.

—Apuesto mi vida a qué será a la hora más congestionada.

—El sistema ens deixa veure si compren tres tiquets.

—Eso no lo van a hacer. Que no son tontos. Y por el nombre de Antonio Cifuentes nunca hemos encontrado nada. El tío no usa tarjetas, ni tiene móvil registrado. Se ha convertido en un fantasma.

—I si és per Còrdova?

—Pues, joder, que ya lo sabremos por las cámaras. Y comenzaremos la cacería de nuevo. Y a tomar por culo.

—Quan?

—Mañana.

—Marxem a Màlaga?

—No, los agarramos aquí en Madrid; aquí puedo reportar y en minutos tener un comando en el sitio.

"Si es amor, cruzará huracanes y tormentas."

— Fito Páez

XXII.

Noche de tormenta

A mitad de la noche la despertó un ruido. Como de un golpetazo. Estiró el brazo y donde tenía que estar Pelayo encontró un vacío. Se levantó presurosa y lo vio en la penumbra, tirado en el suelo. Respiración agitada, incapaz de articular una oración con sentido. La luz del velador le permitió ver que sangraba por la cabeza.

Intentó levantarlo. Ella, tan menuda y tan delgada, no podía con su peso. Apenas pudo medio incorporarlo. Y abrazarlo. Balbuceaba frases incoherentes, Su cuerpo temblaba. Y estaba empapado en sudor frío. Los pantalones del pijama mojados.

Un ataque de pánico es terrible para quien lo sufre. Y lo es también para quien está ahí, al lado. ¿Puede una persona morir por un desmesurado episodio de pánico? La respuesta es sí y no. No, porque el origen no es fisiológico y sí, porque es rigurosamente cierto que el organismo puede no soportar el desastre que el miedo produce.

Ariana hizo lo que hay que hacer. Lo tranquilizó y lo instó a respirar. "*Vamos, dale, respira 1, 2,3,4, 5, bota el aire. Otra vez, vamos, conmigo, respira, 1,2,3, 4, 5. Suelta, otra vez...*". Y así hasta que ese cuerpo fue reaccionando, se fue relajando y recuperando el compás.

Consiguió acostarlo en la cama y fue al baño a preparar la tina con agua caliente. Ya había aprendido la rutina de recuperación. Le limpio la herida.

Un raspón en la frente. Desvestirlo. Quitarle esa ropa con olor denigrante. Bien sabía que a seguir ocurriría el incontrolable ataque de llanto.

El terrorismo es un crimen de lesa humanidad porque ataca sin piedad y luego se aloja en el inconsciente. Allí no es un visitante transitorio. Se queda como residente permanente que ignora todos los intentos de desalojo. Los especialistas dicen que ese síndrome de estrés post traumático es terror en su máxima manifestación y no es curable; que lo único que puede hacerse es manejarlo. Con medicamentos, con terapia, con coraje y con comprensión de quienes están con el que lo sufre. Pelayo tenía todo eso.

Lo baño con suavidad. Le secó el cuerpo y las lágrimas. Talco, desodorante. Lo peinó y lo vistió con un pijama limpio, lo llevó a la cama, lo acostó y lo arropó. Se recostó a su lado.

El cielo estaba estrellado, pero la de ellos había sido una noche de tormenta.

—Te quiero tanto, ¿sabes? —le dijo besándolo

—No sé qué sería de mí sin ti— le susurró.

—Anda, amor, duérmete ya. Mañana será otro día. Déjame poner a Matteo, que tanto te gusta.

https://youtu.be/4LxrvKlqNPE?si=LjI3M_A6BXr4Miud

"La semana pasada tuve un fuerte ataque de pánico. Otro. Fue en la madrugada. Me levanté, fui al baño, vi mi rostro en el espejo, algunas memorias se despertaron, llegué a la cama temblando. La embestida del miedo empezó a provocar los síntomas habituales. La asfixia. El latido explosivo del corazón. La niebla

mental. Cólicos. La idea de morir en medio de la oscuridad. El pánico quería sacarme de la cama, que saltara del colchón y corriera a tirarme en el suelo esperando, jadeante, el final.
-Patxo Escobar

"Cada vez soy más consciente de que uno se convierte en lo que mira, en lo que recuerda, en lo que anhela, en lo que transmite."
-Laura Esquivel

XXIII.

Reza, aun sin creer

Siete de la tarde en Lisboa. Mediodía en Caracas.

Un inmigrante siempre espera algo. Una noticia, un mensaje, un correo, una llamada. Comienza a recordar gente que creía haber olvidado. Las carpetas apiladas en el inconsciente se mudan al aquí y ahora del consciente. Imágenes de la niñez, voces familiares, sabores, colores y olores.

Ariana echa de menos todo. Su familia, sus calles de Catia, la temperatura de Caracas, los aromas de los mangos, las chichas de plaza, el olor del guayoyo, las arepas de su mamá, las guacamayas que surcan los cielos.

Un inmigrante no se despega ni se desapega. Se ha hecho rutina hablar con Caracas todas las tardes a las siete. Es una conversación sin puntos aparte ni de cierre. Un continuo de punto y coma. Jamás sale de casa sin el móvil. Es su única manera de hacerle trampa a la lejanía.

Vibra su móvil.

-Hola, Mami, espera que estoy pagando en el mercado… Hola, me tienes que dar la receta del bienmesabe.

—Ariana, tengo que decirte algo.

Siempre cuando su mamá la llama "Ariana" es porque algo pasa.

—¿Qué pasa, Mami?

—Es tu tía.

—¿Qué pasa con Tati? Hace semanas que no logro hablar con ella.

Las malas noticias a distancia resultan peores que en el cara a cara. Porque al dolor se suma la sensación de inutilidad. De no estar ahí pra el abrazo tan necesario,.

La tñia Tati estaba en toda su historia de vida. Con ella había descubierto muchas cosas de eso de ser mujer. Su confidente, su cómplice. Esa persona en la que siempre se podía confiar.

Como no respondía llamadas, fueron a verla. La encontraron en su cama. Con su más hermosa bata de algodón. Sin signos de dolor. El rostro plácido. La suya había sido una muerte dulce.

Los médicos apuntaron a un derrame, o un infarto. Hasta que en el bolso encontraron un sobre. Un neurólogo firmaba el reporte. Palabras más, palabras menos, glioma astrocitoma. Lesión E3. Se descarta cirugía. Se indica exploración medular y tratamiento con radioterapia y terapia de campos de tratamiento tumoral.

—No, Sri, no quiero que vengas. Quiero sí que vayas a Fátima. No sólo por ella, por nosotros

—Claro, Mami, mañana mismo tomaré el tren. Le digo a Beltrán que vaya conmigo.

En el santuario de Fátima siempre hay mucha gente. Es un espacio de fe. En Portugal todos creen en la Virgen de Fátima, aun los ateos. Y algo sorprende: el silencio del recogimiento.

Ariana conocía muy bien de la devoción a Fátima. Cientos de vecinos de Catia eran descendientes de portugueses que habían emigrado a Venezuela buscando paz y prosperidad. Allá en la tierra de Bolívar no existe pueblo o ciudad donde no haya portugueses. Son una bendición.

Rezó la oración: *"Salve Rainha, mãe de misericórdia, vida, doçura, esperança nossa, salve. A vós bradamos os degredados filhos de Eva, a vós suspiramos, gemendo e chorando, neste vale de lágrimas. Eia, pois, advogada nossa, esses vossos olhos misericordiosos a nós volvei. E, depois deste desterro, mostrai-nos Jesus, bendito fruto do vosso ventre. Ó clemente, ó piedosa, ó doce Virgem Maria."*

Decidieron quedarse a pasar la noche allí, en Cova da Iria. Un hotel sencillo frente a la plaza. En la noche después de cenar caminaron sin prisas. Había mucha gente. Y sin embargo, nadie alzaba la voz. Era el silencio del respeto. Eso era lo que Arina necsitaba, silencio y respeto. Para poder llorar.

https://youtu.be/qKzQz5SrUic?si=V--7TsUOzYZB-0GX

XXIV.

Cacería

Hay una cierta fantasía sobre la eficiencia de las policías del primer mundo. La televisión, el cine y ahora el streaming se han encargado de darles muy buena publicidad y venderlas como suertes de magos de la eficiencia. No es así.

Mariví y Jordi acamparon en la estación de tren en Madrid, armados con ordenadores conectados a los sistemas de vigilancia de la estación y de los trenes, y con los más sofisticados softwares. Estuvieron allí tres días, con sus mañanas, tardes, noches y madrugadas. A ellos y a los tres cadetes se la policía que fueron asignados a la operación los ojos se les quedaron sin pestañas.

La tarde del domingo estaban ya dispuestos a darse por vencidos. Y, de repente, una de las cámaras mostró a tres apeándose de un tren que no provenía ni de Málaga ni de Cordoba. Era el último AVE que arribaba desde Barcelona.

Desde el atentado terrorista en Atocha, las estaciones de tren en España sufren de lo que alguien tildó de "sensación de pánico terrorista". Los cuerpos de seguridad vigilan atentamente para prevenir la actuación de canallas. Pero los narcotraficantes y las mulas, contrariamente a lo que pueda pensarse, no lucen como maleantes. Se ven como vecinos de calle.

La estación estaba atestada de pasajeros que llegaban a Madrid o que esperaban para tomar los trenes de medianoche.

Apenas les alcanzó el tiempo para dar la llamada de alerta a la central y correr hasta la entrada principal. En la multitud en la estación los perdieron. Y no les autorizaron a cerrar la estación. Los vieron montarse en una SUV, con vidrios ahumados, de color gris plomo, de modelo muy común, que todo indicaba era una "cabina", como los narcos llaman a los vehículos.

No es nada fácil una persecución en Madrid. Es una ciudad repleta de peatones hasta altas horas, con muchos coches, motos y bicicletas y en la que resulta muy fácil esconderse. Miles de calles, callejuelas, callejones. En la búsqueda participaron más de diez vehículos y, sin embargo, le perdieron la pista a la SUV. Se esfumó.

La búsqueda continuó hasta el amanecer, sin éxito. Pero al menos de la SUV había fotos, con identificación de placas y lograron marcar un posible territorio. En la mañana comenzaron a revisar las tomas de las cámaras en toda la zona. Tarea difícil, pues las ciudades europeas son, por mucho, las de mayor número de cámaras de seguridad por metro cuadrado.

A los dos días, en una cámara de una farmacia vieron a Diana pagando en la caja. Llevaba una gorra, pero la reconocieron. Era ella. Hicieron un cerco virtual de tres cuadras a la redonda. Y las patrullas se apostaron en vigilancia.

Una persecución en caliente en horarios de gran actividad es un asunto muy serio. Los riesgos de que un transeúnte termine herido son enormes. Y en la confusión aumenta la probabilidad de fuga.

Pero el sicario cometió el mayor de los errores: cuando se vio perseguido, aceleró la SUV y tomó camino a la autopista que lleva a Barajas y allí todo se convirtió en cacería.

Diana y Antonio estaban en el asiento trasero, en el piso. Cuando él comprendió que la captura era inminente, le dijo al oído: "En cuanto nos paren, salís por la puerta y corrés todo lo que puedas. Si se le sale de control, él tiene órdenes de matarnos."

Patrullas en ambos sentidos, finalmente lo cercaron. El sicario frenó. Antonio abrió la puerta y Diana escapó. Corrió con todas sus fuerzas. Dio un traspiés en la cuneta y cayó. Y allí quedó tendida.

Aquel hombre rudo, a quien sólo le había escuchado algunas palabras en un idioma que costaba entneder, le apuntó a Antonio y disparó. Con absoluta frialdad. Un solo balazo, pero con la puntería de un asesino muy bien entrenado. Un sicario es un hombre que ha perdido el alma. Se desató el infierno. Las balas de los policías acabaron en segundos con el despiadado conductor.

Cuando recuperó el sentido, estaba en un cuarto. Una figura con uniforme azul le hablaba:

—Diana, corazón, tranquila, estás en el hospital. ¿Cómo te encuentras?

Se tocó la cabeza y sintió que tenía una venda. Un dolor punzo penetrante le hacía que hasta mover los ojos doliera. Escuchó a la mujer de traje azul hablar por un intercomunicador: *"La paciente despertó. Avisen al doctor"*.

En la puerta de aquel cuarto de hospital, dos policías hacían guardia. "Testigo de alto riesgo", rezaba el reporte de Mariví.

Todos tenemos una cita con la muerte. La de Diana no estaba aún en agenda.

XXV.

El muerto tiene dolientes

Sobre sendas camillas en la morgue, dos cuerpos. El examen forense determina en uno muerte por disparo en el cuello, que laceró la vena yugular; en el otro dieciocho disparos, tres de los cuales ocasionaron la muerte. Uno está plenamente identificado, Antonio Cifuentes, masculino, 38 años, de nacionalidad española y argentina. El otro, masculino, de identidad desconocida, con múltiples tatuajes.

Mariví, sin autorización de sus superiores, hizo la llamada. Había que evitar que los familiares de Diana se enteraran por los medios y las redes. Tenía tres números, el del padre, el de la madre y el del hermano. Optó por el tercero. Seis horas de diferencia con Caracas. Allá sería muy de mañana.

—Hablo desde Madrid, de la policía. Soy la detective María Victoria de la Cueta. Tenemos a su hermana, Diana, viva, está siendo atendida en un hospital. Está delicada pero los médicos dicen que se va a recuperar.

—Por favor, no llame a mi padre. Ya hablo yo con él. Y mañana mismo tomo un vuelo a Madrid.

—Envíeme sus datos de vuelo. Una patrulla irá a recogerlo. Y le ruego por favor que no dé declaraciones a la prensa. Necesitamos la mayor discreción para poder identificar a sus captores.

Es impresionante la capacidad de la sociedad para convertir a los malos en buenos, y a la policía en violadores de las leyes. Los medios y las redes tardaron poco en hablar de "*la policía de Madrid asesina a dos hombres*".

Mariví llamó a Ariana:

—Ari, buenas y malas noticias.

—A ver, dime.

—La chica ha sido rescatada. Está recluida en un hospital pero el pronóstico es bueno. Pero en el operativo cayó el chico argentino. Nosotros no lo dimos de baja. Lo mató el sicario.

—Santo Dios…

—La chica nos dice que él la salvó. Que en la persecución él le abrió la puerta para que escapara.

—Te dije que Antonio no era malo. Desordenado, sí, inconsciente, sí, muy irresponsable, medio imbécil, también, todo eso, pero, mierda, no un delincuente. Que te lo digo yo. Carajo, no sé ni qué sentir. ¿Y el cuerpo? ¿Qué pasa con el cuerpo?

—Necesitamos que alguien lo reclame. La ley no permite la cremación. Si nadie lo reclama pueden pasar semanas antes que se proceda a un entierro. Sin lápida, sin identificación.

—Qué espanto. Él sólo tiene una tía, en Buenos Aires, ya vieja. Y un primo, que ni sé cómo se llama. No eran para nada unidos. Pero supongo que nosotros lo podemos reclamar. ¿Cierto?

—Habrá papeleo, pero si demuestran relación…

—Mañana mismo salgo para Madrid.

Fue a la cocina y se tomó medio litro de agua. Antonio no merecía este horrendo final. Respiró, profundo. Se sentó y miró por la ventana. Llovía en Lisboa. Tomó el móvil.

—Aurora, soy Ariana. Ha pasado algo terrible.

Todos los muertos tienen dolientes. Antonio los tenía.

"Qué injusta, qué maldita, qué cabrona
la muerte que no nos mata a nosotros
sino a los que vamos a extrañar."
-Carlos Fuentes

Por la puerta de atrás

Me toca a mí escribir este último capítulo. Don Paqui no pasó de garabatear algunas cuantas frases. Pero creo que él iba por los lados de mostrar en qué paró todo.

El hermano de Diana vino a Madrid y tan pronto fue posible se la llevó a Caracas. Quedó muy afectada por todo lo ocurrido. A la policía, al Ministerio Público esoanol y a los medios declaró: *"Él nunca me trató mal, siempre me cuidó. Creo era tan prisionero como yo. Y aquel día, él me ayudó. Yo no estaría viva de no ser por él. Siempre será mi héroe"*. Un día recibió un correo electrónico desde España. Su visa de residencia había sido aprobada. La mano derecha no sabe lo que hace la izquierda.

Lara fue identificada como capo mayor del cartel Red Catalina. Cuando fueron a detenerla no la encontraron. Se sospecha que está en Rusia. Allí está protegida por poderosos que se ríen de notificaciones de Interpol. El tráfico de drogas en España no ha disminuido. Y cada vez más inmigrantes, sobre todo mujeres, desaparecen.

Mariví no se rinde. Está segura que la misma mafia rusa del narcotráfico es responsable por el atentado terrorista en la estación de Barcelona. Se le prohibió dar declaraciones a los medios. El caso del atentado sigue en el congelador. Ella y Jordi siguen junyos. A ella la reasignaron a la escuela de detectives. Fue la manera mñas intelugente de alejarla de los casos. Jordi se dedica a fotografiar naturaleza y animales en pleigro de extinción, No quiere fotografiar más guerras y crímenes,

Felipe y Aurora siguen juntos. Ella es socia de Sistemas de Monterrey y es CFO de la corporación que ya opera en cinco países. Él ya tiene cinco restaurantes en España y dos en Colombia. Ninguno tiene estrellas Michelin ni a Felipe le interesa tenerlas. De vez en cuando lo invitan en los programas de gastronomía de la tele. Y están evaluando hacer una serie para streaming. Y Felipe Andrés crece bien y feliz.

Pelayo y Ariana siguen en Lisboa. El ha ido superando los traumas y al menos ha podido dejar los medicamentos narcóticos. Los ataques de pánico han mermado. Ella ha disminuido su actuación en giras, pero todos los días ensaya. Quiere embarazarse. Falta que lo convenza de que él sería un excelente padre.

De las pocas cosas que se recuperaron de Antonio, la policía le entregó a Ariana un bolso de terciopelo. En él un collar de perlas y una nota: "Para Ariana". Ella sabe bien que ese era el collar de la abuela. Un primo de Antonio en Buenos Aires ha reclamado en herencia la casa de Martínez.

Andrés y Magdalena no se han casado ni se van a casar. La fórmula de vivir juntos les funciona. Cada cual viaja mucho y tratan de citarse en estaciones de tren y dejarse perder por ciudades que no han conocido. Y en cada viaje compran algo para su casa. Cada tanto van a México. Y le ponen magnolias a la tumba de Ana Luisa.

Beltrán y Almudena viven en Madrid. El sigue escribiendo para revistas y portales. Nunca volvió a participar en Pasapalabra. Ella sigue en el coro de La Zarzuela y estudiando cada día para perfeccionar su voz. De tanto en tanto canta en el restaurante de Felipe. Su repertorio siempre incluye piezas latinoamericanas. La familia de Beltrán vendió todas sus propiedades en Venezuela y se mudó a Cuenca. Allí montaron un negocio de embutidos. El hermano de Beltrán, Agustín, se casó y vive en Milano. La esposa es una venezolana descendiente de italianos. Comienzan a adaptarse a eso de ser "inmigrantes". Todos desde donde estñan luchan por Venezuela.

Todos ellos sufrieron, todos lucharon, todos se dejaron la piel. El destino, nadie sabe por qué, los unió. ¿Son felices? Al menos lo intentan. Ven más allá de las imperfecciones de sus vidas. Entienden que siempre llevarán sobre sus hombros el peso del desarraigo.

Cada vez que les es posible, se reúnen. Es un encuentro de gente que entiende la importancia de construir puentes y nuevos recuerdos.

Y yo, huelga decir que es mucho lo que he aprendido. Sé cosas ahora que antes ni se me cruzaban por la mente. Y entiendo mejor la importancia de descartar del vocabulario palabras repulsivas como "sudaca". Ah, y he logrado superar mi crasa estupidez. Salgo con Candela. Sueño despierto con ese día en que ella se enamore de mí.

Y Madrid, buah, sigue siendo Madrid. Para bien o para mal -para bien- Madrid es Madrid. A veces de cielos grises y otras con un sol que brilla sin pedir permiso. Y don Paqui, ah, su espíritu camina por estas calles de Madrid.

https://youtu.be/Xaoh-iql7ws?si=mtW6Q4VVxsB3lsUq

Los personajes de esta novela son ficticios,
una creación literaria… o tal vez no.

Los "cameos literarios" de actores
famosos son un deseo de la autora…
porque el papel aguanta todo.

"Y es que Madrid: La Continuación"
es original de Soledad Morillo Belloso.
Derechos reservados. Su uso parcial o
total requiere autorización de la autora.

Se terminó de escribir en Pampatar, Isla
de Margarita, Venezuela el 2 de
septiembre de 2024.

Soledad Morillo Belloso es venezolana, escritora, periodista y publicista.

Vive en Pampatar, Isla de Margarita, Vnezuela.

soledadmorillobelloso@gmail.com

Made in United States
Orlando, FL
03 September 2024

51102772R00119